FTBC 59372087887892

D0356803

LISTA PARA ÉL

KATHERINE GARBERA

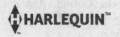

Editado por HARLEQUIN IBÉRICA, S.A.
Núñez de Balboa, 56
28001 Madrid

© 2012 Katherine Garbera
© 2014 Harlequin Ibérica, S.A.
Lista para él, n.º 110 - 15.10.14
Título original: Ready for Her Close-Up
Publicada originalmente por Harlequin Enterprises, Ltd.

Todos los derechos están reservados incluidos los de reproducción,
total o parcial. Esta edición ha sido publicada con autorización de
Harlequin Books S.A.
Esta es una obra de ficción. Nombres, caracteres, lugares, y situaciones
son producto de la imaginación del autor o son utilizados ficticiamente,
y cualquier parecido con personas, vivas o muertas, establecimientos
de negocios (comerciales), hechos o situaciones son pura coincidencia.
® Harlequin, Harlequin Deseo y logotipo Harlequin son marcas
registradas propiedad de Harlequin Enterprises Limited.
® y ™ son marcas registradas por Harlequin Enterprises Limited y sus
filiales, utilizadas con licencia. Las marcas que lleven ® están
registradas en la Oficina Española de Patentes y Marcas y en otros
países.
Imagen de cubierta utilizada con permiso de Harlequin Enterprises
Limited. Todos los derechos están reservados.

I.S.B.N.: 978-84-687-4804-7
Depósito legal: M-21763-2014
Editor responsable: Luis Pugni
Impresión en CPI (Barcelona)
Fecha impresion para Argentina: 13.4.15
Distribuidor exclusivo para España: LOGISTA
Distribuidor para México: CODIPLYRSA
Distribuidores para Argentina: interior, BERTRAN, S.A.C. Vélez
Sársfield, 1950. Cap. Fed./ Buenos Aires y Gran Buenos Aires,
VACCARO SÁNCHEZ y Cía, S.A.

Capítulo Uno

¿Cómo se le habría ocurrido meterse en semejante lío?

Gail Little respiró hondo y entró en la zona de peluquería y maquillaje del plató en el que se rodaba el programa de televisión *Sexy and Single*. Jamás se había considerado sexy, pero de que acabaría soltera... de eso estaba totalmente convencida. Siempre se había imaginado que conocería a algún chico en la universidad y después, tras tres años de salir juntos, se casarían. Pero se acercaba a la treintena y seguía sola.

–Soy Kat Humphries, asistente personal de *Sexy and Single*. Voy a ser la responsable de los programas en que aparezca usted.

Gail le estrechó la mano. Esperaba encontrarse con Willow Stead, productora del programa y una de sus mejores amigas, y no con una mera asistente. De ella había sido la idea de que participase en el programa tras firmar el contrato con Matchmakers Inc., y aunque les había dicho a sus amigas que quería encontrar marido, y que en el trabajo no conocía al tipo de hombre adecuado, lo cierto era que lo que más deseaba era tener su propia familia: su reloj biológico no dejaba de recordarle que el tiempo pasaba deprisa. Por eso había decidido firmar con aquel servicio de búsqueda de pareja, sin sospechar que su experiencia fuera a seguirse bajo el foco de la televisión.

Kat debía de tener veintitantos años y vestía vaqueros ajustados y la camiseta de un bar de México. Tenía una melena larga y castaña que llevaba recogida en una cola de caballo, y un auricular metido en la oreja conectado a un receptor que le colgaba del cinturón.

—Sígame —le dijo.

Gail asintió y fueron hasta una zona de espejos iluminados que colgaban de una pared.

—Siéntese, por favor. Peluquería y maquillaje están a punto de llegar. Se ha adelantado usted unos minutos.

—Lo siento, pero es que no quería llegar tarde.

Kat asintió, pero levantó un dedo como si estuviera escuchando algo que le decían por el auricular.

—Por favor, espéreme aquí hasta que vuelva a buscarla. Queremos captar el momento en que su pareja y usted se vean por primera vez.

Gail hubiera querido gemir, pero sabía que, si seguía por el camino que llevaba, su vida no sería más que trabajo y más trabajo, y su sueño de tener una familia nunca se materializaría.

Se miró en el espejo mientras esperaba. Su pelo denso y ondulado, al más puro estilo desordenado, le rodeaba la cara. Se lo apartó y tiró de él hacia atrás. Así era como normalmente lo llevaba al trabajo. Tenía que admitirlo: un pelo como el suyo no cuadraba con la imagen de *Sexy and Single*.

Un hombre y una mujer se le acercaron.

—Hola, Gail. Yo soy Mona y él es Pete. Vamos a

ocuparnos de tu pelo y del maquillaje. Tú siéntate y relájate.

Y eso fue lo que hizo, aunque sin dejar de preguntarse dónde se había metido. Lo que quería era pasar sus vacaciones con un hombre, en lugar de quedarse sola en casa; eso no estaba mal para Kevin en las películas de *Solo en casa*, pero para ella, una mujer ya crecidita, resultaba desolador. Anhelaba poder pasar una Navidad perfecta y en su cabeza se materializaban las imágenes de cómo sería en forma de vídeo casero. Trabajaba en el negocio de la imagen y la realidad. ¿Por qué no era capaz de crear la imagen y la realidad perfectas para ella?

Había desarrollado todo un plan de relaciones públicas para pasar del éxito profesional al personal. Era muy buena poniéndolos en práctica, de modo que no tenía duda de que lo que había previsto funcionaría. Lo que no se esperaba era que a Willow le gustase tanto la idea que decidiera hacer de ella un reality show para la tele.

–Bueno, ya estamos –anunció Mona.

Le dieron la vuelta para que se viera en el espejo. Su indomable cabellera se había transformado en una melena lisa que le rozaba los hombros, tenía los ojos más grandes que nunca y la boca bien perfilada y perfecta. No se reconocía.

–¿Qué piensas? –quiso saber Pete.

–Pues que no parezco yo.

–Por supuesto que pareces tú, pero no la imagen que sueles encontrarte en el espejo –intervino Mona.

Y eso era exactamente lo que quería.

–¿Qué hago ahora?

–A vestuario –dijo Pete–. Está allí –señaló.

Era un pequeño camerino que había en un rincón. Dentro, aguardaba una mujer sentada leyendo un libro en rústica, precisamente uno que ella acababa de leerse. Aquella era la vida a la que sí estaba acostumbrada y sintió deseos de sentarse allí y pasar unos minutos. La mujer dejó el libro y sonrió.

–Está muy guapa.

–Gracias.

Tenía la impresión de que estaba sintiendo algo parecido a lo que Alicia experimentó al caer en la madriguera del conejo, porque veinte minutos después se encontró delante de un espejo de cuerpo entero luciendo un modelo de Jil Sander. La parte de arriba tenía un sugerente escote en forma de uve, mientras que la falda, que le llegaba hasta la mitad del muslo, le prestaba un poco de volumen. Estaba sexy y glamurosa, dos cosas que nunca había experimentado antes en sí misma.

Kat volvió y le indicó que había llegado el momento. Gail advirtió que le sudaban las manos e iba a secárselas en la falda cuando se dio cuenta de que aquella prenda debía de costar más que todo su vestuario junto, y no lo hizo. A pesar de la magia que los estilistas habían obrado con su aspecto exterior, por dentro seguía siendo la misma mujer que se pasaba todo el tiempo trabajando. No sabía cómo charlar de cosas insustanciales. Aquello era un error.

–Faltan dos minutos para que entre en el «confesionario»; luego pasará al salón de baile y allí se reunirá con su pareja, señorita Little.

Estaba nerviosa, y eso no era propio de ella. Nunca permitía que algo se le interpusiera en el camino cuando había tomado una decisión.

El técnico de sonido, un tipo vestido con pantalones negros y camisa polo, se acercó a colocarle el micrófono. Debería enfrentarse a aquella situación del mismo modo que se enfrentaba en su negocio a un cliente que necesitaba más publicidad: sonriendo y fingiendo ser la mujer sobrada de glamour que le devolvía el espejo.

Se levantó y caminó hasta la entrada de la pequeña estancia, hecha a base de paredes móviles y telas. Sin intimidad ninguna. Pero esa era la realidad de la televisión.

–Basta con que pulse el botón y empiece a hablar. No se preocupe, que, si no sale bien, puede volver a empezar. Vamos a editarlo –le dijo Kat.

–¿Y qué se supone que tengo que decir?

–Cuéntenos lo que está pensando antes de conocer a su pareja.

Entró, se sentó frente a la cámara y presionó el botón de grabar. Había un pequeño monitor en el que podía verse, lo cual le hizo sentirse todavía más incómoda, así que se centró en la lente de la cámara.

–Veamos… soy Gail Little, propietaria de una empresa de relaciones públicas, y estoy muy nerviosa. En fin… que he elegido a Matchmakers Inc. porque no quiero dejar pasar otro año sin conocer a alguien especial. Trabajo mucho, y no me encuentro con muchos hombres solteros en mi ámbito de trabajo.

Respiró hondo. Estaba desvariando.

–Estoy ansiosa por conocer al hombre que han elegido para mí.

Pulsó el botón de apagado y salió del habitáculo.

Lo había hecho lo mejor que había podido y se volvió con decisión a la zona de maquillaje.

–¿Ya está? –preguntó Kat.

–Sí.

–Pues entonces, por aquí. Le espera su cita.

Salieron al pasillo y el técnico de sonido revisó su micrófono.

–Bob es el cámara que la estará grabando. Se lo encontrará de frente a usted cuando entre al salón de baile. No lo mire a él, sino hacia la mesa en la que le estará esperando su pareja.

–De acuerdo –contestó Gail, y Bob la saludó desde el final del pasillo.

–Camine hacia Bob y entre en el salón. Se ha preparado una cena íntima para dos. En cuanto hayamos salido del encuadre, le haré una seña. No se preocupe de nada y empiece a andar.

Kat y el técnico de sonido se unieron a Bob al final del pasillo, y le pareció que pasaba toda una eternidad antes de que le hiciera la seña prometida. Empezó a andar pensando que era una estupidez que la grabaran caminando, pero se olvidó de ello al entrar en el salón.

Había allí unas cuantas personas de producción, además de un hombre que estaba de espaldas a ella, pero se distrajo al ver acercarse a Jack Crown.

–Hola, Gail –la saludó.

Jack Crown estaba a punto de batir el récord de Ryan Seacrest en cuanto a número de programas presentados en televisión, y obviamente era el presentador de aquel. Había sido un deportista de ámbito nacional en el instituto, y ganó el trofeo Heisman en la universidad. Luego estuvo entre los primeros en ser elegidos para jugar en la liga profesional de fútbol, pero tuvo la fatalidad de lesionarse en su primer partido. Ya entonces se limitó a sonreír, encogerse de hombros y decir que América no iba a deshacerse de él así sin más, y tuvo razón. Al poco, empezó a aparecer en la televisión con regularidad presentando reality shows para el *Discovery Channel.*

–Hola, Jack –lo saludó–. ¿Qué haces aquí?

–Soy el presentador del programa. Charlaré con vosotros dos después de la cita.

–Ah, bien. ¿Ahora?

–No. Ahora queremos ver cómo reaccionáis al conoceros –contestó él, haciéndose a un lado. El hombre que la aguardaba tenía los hombros anchos y fuertes, y la cintura estrecha. Podía apreciarlo porque llevaba un traje muy entallado.

–¡Basta!

Willow, la productora, había hablado. Era gracioso porque Gail nunca había estado con ella en su ámbito profesional, y aquella voz autoritaria no parecía pertenecer a su amiga.

–Ahora vais a veros el uno al otro por primera vez. Quiero que os miréis entre vosotros, y no a la cámara. Kat, colócala en posición.

Kat le indicó que se colocara sobre una marca que había en el suelo hecha con cinta adhesiva, tan cerca de su pareja que podía percibir el aroma a maderas de su colonia, y ver que su cabello, aunque castaño, tenía hebras rubias.

–Estamos listos para grabar. Por favor, date la vuelta y mira a tu pareja.

El hombre se dio la vuelta y Gail se quedó sin respiración. Se le cayó el alma a los pies. Era el millonario neozelandés Russell Holloway, dueño de hoteles y clubs nocturnos. Lo reconocía porque aparecía constantemente en revistas y televisión. Aquel hombre no podía ser su pareja. ¡Tenía que ser una broma! Era un tipo con reputación de playboy, para quien las mujeres eran solo de usar y tirar. ¿Por qué iba a acudir a un servicio de búsqueda de pareja?

Sintió casi como un impacto su mirada gris. Tenía unos ojos brillantes y de mirada intensa que se habían clavado en ella, y su aspecto no era tan depravado como cabría esperar. Parecía estar en forma, sano, saludable, bronceado… en resumen, demasiado bien para alguien con semejante reputación.

–Gail Little –se presentó, ofreciéndole la mano–. He oído hablar mucho de ti.

«Mierda». ¿Es que no se le ocurría otra cosa que decir?

Russell se rio y se acercó el dorso de su mano a los labios.

–Huy, eso no resulta prometedor. Yo sé muy poco de ti, pero estoy deseando conocer tu historia de tus propios labios.

Gail se los humedeció inconscientemente y lo miró con atención, desde los ojos, pasando por el plano recto de su nariz, hasta la boca de labios carnosos y sensuales. Tenía que despertar. No iba a ser la última mujer que se prendara de aquel playboy encantador. El problema era que iba a echar a perder sus planes, y eso no tenía ninguna gracia.

Russell Holloway no estaba seguro de con qué clase de mujer iban a emparejarlo, pero desde luego no se había esperado una Gail Little. Era guapa, con una melena espesa que le rozaba los hombros y unos grandes ojos castaños que invitaban a perderse en ellos. Tenía una figura generosa con las curvas. Físicamente era lo que buscaba, y eso debía reconocerlo. Además, tenía clase. No recordaba cuándo había conocido a una mujer así.

–Soy Russell Holloway –declaró, aunque había dicho que había oído hablar de él.

–Lo sé –contestó Gail, y al momento movió la cabeza–. Y aunque parezca mentira, suelo ser capaz de decir algo más inteligente.

Él se rio.

–La primera cita puede poner los nervios de punta.

–Sí.

Lo miró una vez más y enrojeció.

–No sé qué decir.

–Pues no digas nada y déjame disfrutar de la vista. Eres una mujer muy guapa.

–No sé qué decirte. ¿Nos sentamos ya?

–Aún no –contestó él, y ofreciéndole el brazo, la sacó al pasillo.

Ya había dispuesto que la cámara lo siguiera. Hasta el último detalle tenía que ir bien. Russell había firmado con la empresa de búsqueda de pareja para mejorar su reputación.

Los Kiwi Klubs habían crecido espectacularmente en los dos últimos años. Habían empezado siendo un destino de vacaciones al estilo del Club Med. En cada hotel había un magnífico club nocturno al que la gente acudía para ver y ser vista. Russell estaba ganando dinero, pero quería probar algo nuevo, y donde más dinero se podía ganar con las vacaciones era trabajando para atraer a las familias. Quería abrir un complejo destinado especialmente a esa clase de turismo, pero conseguirlo con su reputación era harina de otro costal. Se le había presentado la oportunidad de comprar una empresa muy conocida de vacaciones en familia, pero el dueño no veía claro que venderle a alguien como Russell fuese buena idea, y no desde un punto de vista comercial, sino de reputación. Por eso él había decidido cambiar su imagen.

Ya había acordado con Willow y Conner MacAfee, el dueño de Matchmakers Inc., que iba a ofrecerle a Gail una visita privada de la exposición de Gustav Klimt que iba a inaugurarse en el Big Apple Kiwi Klub el miércoles. Como amigo personal de Russell, Conner había sugerido que participase en el programa para echarle una mano con su cambio.

–¿Adónde vamos? –le preguntó ella–. Yo creo que no deberíamos haber salido de donde estábamos.

–¿Tienes miedo de meterte en algún lío?

–No. Es que me gusta seguir las reglas.

–A mí no.

–Un fan de las sorpresas, ¿eh?

Él se rio. Parecía ser una mujer segura de sí misma y con confianza, rasgos que buscaba en la mujer con la que lo emparejaran.

–No temas, Gail, que esta salida está aprobada.

–Bien.

–Ya estamos –dijo, abriendo una puerta que conducía al atrio del entresuelo. Esa zona era muy moderna y tenía grandes espacios abiertos, con una cúpula de cristal inspirada en *La noche estrellada*, de Vincent Van Gogh. El suelo era de mármol–. Esta exposición se inaugura el miércoles, así que vamos a ser los primeros en verla.

Cuando sometieron a su aprobación el diseño del edificio, especificó que el atrio se utilizaría para exposiciones de pintura. Su pretensión era captar el ambiente del Metropolitan Museum of Art y reproducirlo allí. Si quería lograr que familias y parejas acudieran a sus hoteles, tenía que ofrecerles algo especial.

–Me encanta la obra de Klimt. Tengo una reproducción de *El beso* en mi dormitorio –le contó.

A Russell le resultó interesante que Gail hubiese elegido esa obra para su alcoba. En ella, el hombre aparecía envolviendo por completo a la mujer, sosteniéndole la cara entre las manos mientras le besaba el cuello. El estilo de Klimt era muy sensual.

–¿Alguna vez te han besado así?

–No, no creo. Pero seguro que a ti sí.

Él le devolvió la mirada alzando las cejas. No parecía gustarle demasiado.

–Un caballero no cuenta esas cosas.

–Pero tú nunca has sido un caballero.

–Eso es cierto. No soy, digamos, circunspecto en mis relaciones. Pero precisamente por eso estoy aquí.

–¿En serio?

–Sí. No he venido a este programa para jugar contigo, Gail. Busco pareja lo mismo que tú.

Si pretendía conseguir que cambiase su reputación, tendría que empezar por Gail. Si a ella no era capaz de convencerla de que quería abandonar su imagen de chico malo, los espectadores en sus casas tampoco se lo creerían.

–Lo siento si he sacado conclusiones precipitadas.

–Sí. Deberías –respondió él en tono burlón.

La asistente les hizo un gesto para que avanzaran y Russell acompañó a Gail poniéndole suavemente la mano en la espalda para que pasara al siguiente cuadro. Era el retrato de una mujer de la alta sociedad. Estuvieron contemplándolo largo tiempo.

–Me recuerda a ti –dijo él. Era una imagen sensual en la que aparecía una mujer completamente vestida pero con el cuerpo del vestido desabrochado, como si pretendiera revelarse al espectador.

–Se me ha olvidado mencionarte que conmigo no funcionan las frases trilladas –respondió ella.

–¿Y qué te hace pensar que he dicho esa frase más de una vez?

–Que es una mujer muy sexy.

–Tú también lo eres.

Gail lo miró como diciendo «Sí, ya…», y por primera vez Russell cayó en la cuenta de que estaba alterando su futuro y el de Gail, y aunque había decidido hacer aquello por razones puramente comerciales, estaba resuelto a darle lo mejor de sí mismo, por poco que fuera.

Acercó una mano para rozarle la cara, pero Gail se echó hacia atrás. Superar su reputación iba a ser más duro de lo que esperaba. Hacía demasiado tiempo que no salía de los círculos habitados por sus decadentes amigos.

–También es misteriosa como tú. Hay en tu persona mucho más de lo que aparentas.

–¿Y tú eres solo fachada?

–Me gustaría pensar que no. Sería muy aburrido.

–Bueno, seguro que nadie te ha acusado nunca de ser aburrido –admitió ella.

Avanzaron hacia el final del pasillo. Se había olvidado de dónde estaban las cámaras. Pocas veces había permitido que alguien lo distrajera de su entorno, y le sorprendió que Gail lo hubiera conseguido.

–Bien, corten. Buen trabajo los dos. Jack, ven.

Jack se unió a ellos y Russell recordó entonces que aquello era un programa de televisión.

–Lo estáis haciendo fenomenal –les dijo a los dos, estrechándoles la mano.

–Gracias –contestó él.

–Bien. Estamos preparados para rodar –declaró Willow desde el otro lado de la sala.

–Bueno, ahora que ha concluido la primera cita, ¿qué piensas de Matchmakers Inc.?

–Pues que han sabido ver lo que quería, aunque Gail no es la clase de mujer con la que suelo salir. Creo que han sido muy intuitivos.

–¿Y tú, Gail?

–Desde luego Russell es el último hombre del mundo que me habría esperado encontrar aquí, así que, en ese sentido, me han buscado a un hombre que yo nunca habría podido buscarme sola.

Jack se echó a reír.

–¡Corten! –gritó Willow.

–Jack, necesitamos que termines de rodar la presentación. Russell y Gail, podéis volver cuando queráis al comedor, donde el equipo os grabará hablando y cenando.

Y el equipo salió disparado hacia allí.

–Muy interesante –comentó Gail, y echó a andar por el atrio.

–¿Por qué tanta prisa?

–Quiero hablar con Willow antes de que sigan grabando nada.

–¿Por qué?

–Necesito confirmar algunos detalles con ella.

–¿Te vas a echar atrás? –quiso saber Russell.

Ella se encogió de hombros.

–No te lo tomes como algo personal, pero es que no estoy segura de que seas la persona más adecuada para mí. Sería algo digno de verse… lo de los polos opuestos que se atraen, pero yo quiero algo más que un programa interesante.

Al ver que se volvía de nuevo, Russell se dio cuenta de lo difícil que iba a ser cambiar su reputación.

–Yo no hago esto por las audiencias.

Se detuvo y lo miró por encima del hombro.

–Entonces, ¿por qué lo haces?

–Todos tenemos que madurar alguna vez, y yo diría que me ha llegado la hora.

Russell vio que algo cambiaba en su mirada y supo que la había pillado. Quería ver si de verdad era solo un playboy, o si había algo más.

–Está bien. No le diré nada a Willow hasta después de esta cita, pero no voy a ponértelo fácil. Encontrar marido es mi objetivo de este año, y no quiero perder el tiempo con alguien que claramente no tiene madera de marido.

No iba a ser de ningún modo tan fácil como él se lo había imaginado.

Capítulo Dos

Desde el momento en que Willow decidió apropiarse de la vida personal de su amiga y transformarla en un programa de televisión, Gail había sentido que las dudas la asaltaban. Pero había tenido que pagar a los de la agencia, y quería encontrar a un hombre con el que compartir su vida.

Willow había creído que el programa resultaría interesante porque eran muchos los hombres y mujeres de éxito profesional a los que cada vez les costaba más trabajo encontrar a alguien. Decía que, trabajando veinticuatro horas al día, era inevitable que la gente no tuviese tiempo para un cortejo.

Gail estaba de acuerdo, y esa era la única razón por la que había contratado los servicios de esa agencia, pero jamás se habría imaginado que un hombre como Russell Holloway fuera a necesitarla.

Desde luego, no era hombre para ella. Sí, era sexy, pero no era eso lo que buscaba. Quería a alguien que pudiera ofrecerle la fantasía de la vida perfecta con la que siempre había soñado.

Estaba dispuesta a relajarse y disfrutar del tiempo que pasara con Russell, pero se le estaba pasando el arroz. Tenía que averiguar si Russell iba a ser el hombre adecuado para ella cuanto antes.

Estaba sentada a la mesa, esperándolo. Había tenido que contestar una llamada antes de continuar con la grabación. Ella también había sacado su iPhone, pero le había dicho con anterioridad a su asistente, J.J., que se ocupase de lo que pudiera surgir aquella noche. Para distraer la espera, comenzó a pensar.

¿Qué habría bajo la fachada de aquel hombre? Gracias a los años que llevaba dedicada a la publicidad sabía que, normalmente, lo que había bajo una superficie brillante resultaba siempre mucho menos atractivo.

Russell llegó de nuevo a su lado, y hubo mucho movimiento a su alrededor cuando los técnicos de sonido y de maquillaje los preparaban para las cámaras.

—Si mis amigos me vieran con este maquillaje, no dejarían de tomarme el pelo en la vida —comentó él.

Gail tuvo que sonreír.

—Forma parte del paquete que te endosan por aparecer en la tele. Es algo que los famosos tienen que aguantar.

—Nunca pensé que llegaría a formar parte de esa vida.

—¿Por qué? Se te ve muy a gusto en la jet set.

Aquella mañana lo había visto en una foto sacada en un yate con dos miembros de la familia real española, en una página de cotilleos de Internet que visitaba por seguir las apariciones de sus clientes.

—Pero no es lo mío —respondió él—. Me gusta viajar, esquío, navego y voy a inauguraciones, pero mucho de cuanto hago es por mi negocio. Lo hago para que la gente me vea.

—Ya. Los medios cubren todas tus idas y venidas.

Les llevaron la comida y Gail descubrió que era incapaz de apartar la mirada de Russell. Había conocido a tantas personas que necesitaban lavar su imagen que era consciente de que tenía la capacidad de ver lo peor de cada cual. Pero quería darle una oportunidad, no solo por ser justa con él, sino por su propio bien.

–Te has quedado mirándome –dijo él.

–Eres un hombre precioso –respondió Gail, decantándose por una respuesta superficial.

–¿No se usa ese término solo para las chicas?

–No. Los chicos también pueden ser preciosos.

Y desde luego él lo era, con su mandíbula bien marcada y aquel pelo castaño claro tan denso. Aunque también caía un poco del lado de los chicos malos con aquella pequeña cicatriz que tenía en la mejilla. Tenía la complexión de un boxeador y se comportaba como un hombre que había exprimido bien la vida; una vida de clase alta, eso sí, pero había más en él, aparte del dinero.

–Bueno –continuó Russell con un gesto irónico–, pues gracias.

Gail sonrió. Era fácil hablar con él, y aunque le estaba sometiendo al tercer grado con la esperanza de pillarlo en un renuncio, le gustaba.

–Sigo buscando indicadores que me confirmen que estás siendo sincero conmigo.

–¿Y?

–Aún no estoy segura, pero creo que me estoy pasando al diseccionar todos tus actos –admitió.

La verdad era que lo hacía con todo el mundo. Pasaba mucho tiempo intentando discernir por qué la gente hacía las cosas que hacía.

–Entonces es que no estoy haciendo bien mi trabajo –contestó él, apoyando los antebrazos sobre la mesa–. ¿Te aburro?

–No, no, en absoluto. Dime por qué estás aquí.

Era una pregunta que tenía pensado hacerle al hombre de su cita antes de saber que era él. Lo mejor que podía hacer era tratarlo como si fuese un hombre anónimo. No tenía por qué cambiar de plan porque se tratara de Russell Holloway.

–Porque ya es hora de sentar la cabeza –respondió, echándose hacia atrás en la silla y mirándola a los ojos–. Primero me propuse tener fortuna y labrarme una reputación, y creo que eso podemos reconocer los dos que lo he conseguido.

–No voy a tragarme esa explicación como lo único que te ha impulsado. Tiene que haber algo más.

Él se rio y ladeó la cabeza para mirarla detenidamente. Gail se sintió un poco expuesta.

–He de reconocer que me gusta divertirme, pero en cierto modo ya ha perdido su encanto. Quiero encontrar a una persona con la que compartir mi vida, y no solo un par de días.

Quería creerle. ¿Y quién no? Era el sueño de cualquier chica oír decir a un playboy como él que quería sentar la cabeza, y ser ella la afortunada a la que eligiera.

–Eso lo entiendo, pero lo de que vayas a casarte…

–¿Por qué estás empeñada en verme como un depravado?

–No es cierto.

La verdad era que estaba siendo un poco más dura con él de lo que lo habría sido con cualquier otro. Y era porque estaba enfadada porque la hubieran emparejado con aquel hombre.

–Perdona –añadió–. Háblame de tu familia.

–He tenido una educación tradicional, y aunque mis padres ya han fallecido, sé que hubieran querido que algún día me casara y tuviera hijos.

Había adoptado un aire pensativo y miró hacia otro lado un momento. Gail no se sentía bien por el modo en que lo estaba interrogando. Debía de tener una razón para acudir a un servicio de parejas, lo mismo que la tenía ella, y debería respetarlo.

Se aclaró la garganta y volvió a mirarlo.

–Tienes hijos, ¿no?

–No –respondió él–. Han presentado demandas contra mí por supuestas paternidades, pero no tengo hijos.

–¿Por qué no te has planteado formar una familia con esos supuestos hijos tuyos?

¿Qué quería decir con eso de que le atribuían hijos, pero que no los tenía? Quería saber más, pero una primera cita no era ocasión para hacer esa clase de preguntas.

–No era posible porque no eran míos.

–¿Y qué…?

–Basta de preguntas. Ahora me toca a mí. ¿Por qué has contratado este servicio?

Se movió inquieta en la silla. No quería hablarle de sí misma.

–La respuesta más sencilla es que se trata del siguiente paso. Tengo un negocio que va bien y una buena vida.

–Suena idílico, pero dado que estás aquí conmigo, algo tiene que faltarte.

–Sí.

–Tiene sentido. Y entiendo el camino que has seguido hasta llegar aquí.

–¿Ah, sí?

Era difícil para ella creer que pudiera tener algo en común con aquel hombre. De hecho, le resultaba increíble pensar que pudieran estar en la misma estación de su viaje, de modo que lo mejor sería aprovechar el momento cuanto fuera posible.

–Sí. Supe cuando era joven lo que quería, y me lancé a perseguir mis metas con toda la intensidad que me fue posible. Trabajé duro, exprimí mis posibilidades y un día…

–¿Te despertaste y te diste cuenta de que lo tenías todo?

–Sí, pero también de que no estaba satisfecho.

–Yo tampoco –corroboró ella.

A lo mejor no quería ver al hombre que había detrás de la imagen, porque ahora que le estaba oyendo poner en palabras las mismas dudas que tenía ella, estaba empezando a gustarle.

Estaba sintiéndose atraída por él y quería encontrar algo, lo que fuese, que le diera una razón para quedarse en aquel programa con él. El contrato que había firmado no bastaba, pero oírle expresarse de aquel modo resultaba muy atractivo.

–Te has quedado mirándome otra vez –dijo él–. Intento que no se me suba a la cabeza, pero voy a acabar creyéndome irresistible.

–Pues tendrás que acostumbrarte a ello si sigues sorprendiéndome.

–Lo haré, porque pretendo mantenerte así.

–¿Por qué?

–Porque me parece que va a ser la única manera de conocer a la verdadera Gail.

–¿Y eso te parece importante?

–Importantísimo. Creo que es el único modo de que admitas que confías en mí. De verdad.

–No te creas que confío fácilmente en nadie –admitió ella–. Supongo que es otra de las razones por las que he recurrido a un servicio como este.

–¿Te ha fallado algún hombre? –le preguntó.

–Sí –se sinceró, bajando la cabeza al recordar a su amor. Joe no había pretendido hacerle daño. Pero estaba tan obsesionado con conseguir lo que quería que no se daba cuenta de que estaba pisoteando sus sueños para alcanzar los propios.

Russell asintió y rozó su mano.

–Sé que no hay nada que pueda decir en este momento y que tú vayas a creerte, pero quiero estar seguro de que entiendes que no me parezco a ningún otro hombre de cuantos hayas conocido antes.

–Eso ya lo sabía –respondió con una sonrisa.

–Lo dices por mi cara bonita, ¿verdad? –bromeó, dedicándole una sonrisa tan sexy que Gail sintió un estremecimiento recorrerle la espalda.

–Bueno, cortamos ya con lo de la cena. Ahora, al tejado –dijo el director.

El equipo comenzó a revolotear a su alrededor, y Gail se dio cuenta de que estaba empezando a sentirse desbordada. Le iba a costar trabajo hacerse a lo de buscar pareja. Y si encima se añadía lo de las cámaras, estaba empezando a encajar en su definición de pesadilla.

Jack se acercó a preguntarles cuáles eran sus impresiones de la primera cita, pero Gail no supo qué decir. Farfulló lo primero que se le ocurrió y salió de plano para que pudiese hablar Russell.

¿De verdad creía que iba a encontrar al hombre perfecto así, a través de un servicio de parejas que había encontrado en un anuncio de Internet? Pero ¿qué otras opciones tenía? Había salido con todos los solteros que conocía, pero ninguno de ellos había deseado llegar a algo permanente.

–¿Vamos a saltar desde el tejado? –preguntó cuando acabaron.

–No es mala idea. Así subiríamos algunos puntos los índices de audiencia –contestó Russell.

Antes de que pudiera responderle, Kat se acercó y la agarró por un brazo.

–Ya seguirán charlando ante las cámaras, que ahora necesitamos que suban al tejado.

Los acompañó a un ascensor privado y enseguida llegaron al helipuerto que había en la azotea, donde les aguardaba un helicóptero.

–¿Es para nosotros?

–Una sorpresa –contestó Russell–. Me ha parecido que un paseo nocturno sobre Manhattan podría estar bien.

–¡Menuda sorpresa! Siempre he deseado poder hacerlo.

–Bien. Además las cámaras no nos van a acompañar, de modo que dispondremos de un tiempo a solas para poder conocernos.

Gail no dijo nada más. Les quitaron los micrófonos y los acompañaron hasta el helicóptero. Vio a los cámaras en la distancia, grabando sin duda sus movimientos para poder enseñarlos después, pero fue un alivio saber que iban a estar solos.

Russell la ayudó galantemente a subir al aparato y se sentó a su lado. Le entregó unos auriculares y ella se los colocó. Después se ajustó el micrófono.

—Debo de estar preciosa con este chisme en la cabeza.

—Estás genial.

En cuestión de minutos estaban en el aire, volando sobre Manhattan. La voz de Russell sonaba íntima y suave en los auriculares.

—Cuando vine por primera vez a Norteamérica, deseé dejar huella aquí. Empezamos en Las Vegas porque era lo más adecuado para la reputación de los Kiwi Clubs, pero lo que yo quería era poseer un edificio en la ciudad de Nueva York.

—¿Cómo empezaste?

—Con un pequeño hotel en Sídney. Lo gané en una partida de póquer.

—Creía que eras neozelandés de la isla Sur.

—Y lo soy. Me marché de casa con dieciséis años y nunca he mirado hacia atrás.

—En Internet no leí nada de todo eso cuando estuve indagando sobre ti. Me da vergüenza admitir que solo sé de ti lo que dicen los cotilleos.

—Eso es lo fácil.

—¿Y es cierto? Llevo el tiempo suficiente trabajando en Relaciones Públicas para saber que a veces la mala prensa puede jugar en favor de una persona.

—Exacto. Se me conoce por tener amigos ricos y famosos, y porque me gusta el juego, y eso es exactamente lo que quiere mi clientela.

–Entonces, ¿por qué cambiarlo ahora? ¿Se trata de algo más que un truco publicitario?

–Por supuesto. No pienso casarme para darme publicidad.

–Muchos lo han hecho antes. Los matrimonios de conveniencia se han celebrado durante siglos.

–Me convendría poder verte cada día mientras desayuno –contestó él con ese modo tan peculiar de flirtear que tenía.

–A mí también, pero busco algo más que el flash de una foto.

–Todos buscamos más. Es fácil pensar que algo o alguien famoso tiene lo que tú necesitas, pero no tardas mucho en descubrir que no es cierto.

Se volvió a mirarlo, sorprendida de oírle decir algo tan… bueno, tan profundo.

Él le devolvió la mirada alzando las cejas.

–No soy solo un playboy.

Gail le sonrió.

–No podrías serlo y aparecer en la portada de la revista *Fortune*.

–Cierto. ¿Y tú?

–¿Yo? Yo no soy de ese tipo de persona. Ahora estás viendo mi imagen más llamativa.

–No me sorprende –Russell se rio–. Me has dado la impresión de ser una persona muy segura de sí misma y de adónde se dirige.

–Me gusta trazar un plan y llevarlo a cabo, pero cuando tengo que depender de alguien… bueno, digamos solo que a veces las cosas se complican.

–¿Como ahora?

Gail se mordió el labio. No quería mentirle, pero no tenía nada que perder. Russell no era la clase de hombre que ella habría buscado, de modo que ser sincera con él no iba a costarle nada.

–Sí, como la situación en que nos encontramos. Planeé acudir a los servicios de esta empresa para encontrar al hombre perfecto. Tengo una lista con todas las cualidades que debe tener.

–¿Y yo no doy la talla? Eso no es justo, Gail. Aún no sabes si tengo esas cualidades.

–Tienes razón, pero eres un hombre llamativo –respondió sonriendo–. Y me da miedo arriesgarme a conocer a la persona que hay detrás.

–Lo comprendo. Mi situación es precisamente la contraria a la tuya: si no eres la mujer que yo creo que eres… estoy perdido.

Ella se echó a reír.

–Creo que lo estamos los dos.

Russell tomó su mano, se la acercó a los labios y le besó suavemente los nudillos.

–Yo no quiero que ocurra eso. Empecemos de nuevo desde el principio. Yo intentaré parecerme más al hombre de tus sueños y tú puedes…

–¿Sí?

–Darme una oportunidad y no juzgarme con tanta dureza.

–Lo intentaré. Es uno de mis principales defectos –confesó.

–¿Cuál?

–No saber aceptar el fracaso.

–¿En los demás? –le preguntó mientras le acariciaba con el pulgar del dorso de la muñeca antes de soltarla.

Un estremecimiento le recorrió el brazo y supo que quería que la siguiera tocando. No sabía por qué, ni podía explicarlo, pero había algo en Russell Holloway que le hacía olvidarse de listas y planes.

–Y en mí misma –añadió en voz baja, pero supo que la había oído porque le vio asentir.

–Intentaré no desilusionarte.

Y con aquellas palabras quedó comprometida a darle una oportunidad. Quería proteger sus sentimientos, advertirle a su corazón que se anduviera con pies de plomo, porque su sentido común le estaba diciendo que había algo más en el intento de Russell de cambiar. Pero no iba a poder resistirse. Durante las siguientes seis semanas iba a ser la clase de mujer que se dejaba atrapar por un hombre, aun sabiendo como sabía que se trataba de un chico malo que acabaría partiéndole el corazón.

Russell sabía que la fortuna solía sonreírle más que a muchos. Tenía sus secretos, y había pasado por momentos duros, pero la vida lo había tratado bien. Y aquel era uno de los momentos en que fue consciente de su buena estrella. Necesitaba una mujer como Gail y allí estaba, como un regalo que le hubieran dejado sobre las rodillas.

Le gustaba tener su mano en las suyas. Pero no quería acorralarla.

–Gracias, Russell.

–¿Por qué?

–Por este paseo. Es muy agradable estar aquí arriba, y necesitaba alejarme un rato de las cámaras.

–Yo también. No estoy acostumbrado a citarme con alguien y tener público observándome.

Aunque la mayor parte de las mujeres con las

que salía eran famosas y siempre aparecían sus fotos en la prensa rosa, intentaba evitar los focos.

–Yo tampoco. De hecho, esta es la primera cita que he tenido con un… perfil tan elevado. No es lo que esperaba.

–¿Está en tu lista?

–¿Qué lista?

–La del hombre perfecto.

Le gustaba su forma espontánea de hablar y el modo en que siempre lo miraba a los ojos para hablarle. Le hacía consciente de que evaluaba cuanto hacía y decía. Tendría que andarse con cuidado cuando estuviera con ella.

–Bueno… es que no es real. Solo algunos sentimientos y cualidades que creo que un hombre debe tener para que sea compatible conmigo.

Él ladeó la cabeza.

–Eso es más bien una lista de verificación.

Ella se encogió de hombros.

–Tienes razón. Lo es. Busco a alguien con un buen trabajo.

–¡Yo lo tengo! Eso puedes tacharlo.

–Cierto –respondió Gail sonriendo.

–¿Qué más?

–Tiene que… comprometerse con la persona con la que salga.

–De eso me va a costar más convencerte, ¿no?

–Sí. No eres lo que se dice monógamo.

–Estoy aquí, ¿no?

–Sí. Digamos que es un «quizás».

–¿Qué más?

–Umm…

Dudó y se le colorearon las mejillas.

–¿Qué puede ser que te vuelva tan tímida?

Ella se cruzó de brazos y contempló el horizonte sobre Manhattan. Su rostro se reflejaba en el cristal del helicóptero y Russell vio que se tocaba sin pensar el colgante que llevaba al cuello.

–Tengo que sentirme atraída por ti. Una vida sexual sana está también en mi lista.

–Cuando llegue el momento, Gail, no albergarás ninguna duda sobre mi capacidad para satisfacer tus necesidades en ese terreno.

Se volvió para mirarla. Aquella melena negra con los cascos encima la hacía parecer más pequeña. Tenía una boca de labios carnosos que no podía dejar de mirar porque deseaba probarlos. La deseaba. Eso lo sabía sin ninguna duda, pero quería que se tratara únicamente de la lujuria que podía despertar en él cualquier mujer atractiva como ella.

Pero de algún modo, en el espacio reducido del helicóptero, escuchando solo el dulce sonido de su voz y rozándose sus piernas, le parecía distinto. Él mismo se sentía distinto.

Se acercó un poco más a ella y Gail solo lo miró. Tenía el micrófono delante de la cara y se lo apartó. A continuación hizo lo mismo con el suyo y luego le acarició la cara. Tenía una piel suave y fresca.

Le rozó los labios con la yema del pulgar. Los recorrió de un lado al otro: la pequeña cresta del superior, y el inferior más gordezuelo y lleno. Entonces se acercó otro poco más y la besó. Fue apenas un roce de sus labios, pero luego hundió la lengua en su boca para saborearla.

Ladeó la cabeza. Quería más. El pensamiento de que aquella mujer era como cualquier otra de-

sapareció de inmediato. Aquello era más que lujuria. Levantó las manos para aferrarse a su pelo y
pedirle más. Gail puso las manos en sus hombros
con delicadeza.

Russell retrocedió y respiró hondo. Ella dijo
algo, pero no la oyó porque no tenía el micrófono
en su sitio. Se lo colocó y la vio mover la cabeza.

—No me lo esperaba.

—Yo tampoco.

Gail frunció el ceño.

—Has sido tú quien me ha besado.

—Estaba intentando demostrarme algo a mí mismo.

—¿El qué?

—Que eres como cualquier otra mujer a la que
haya besado.

—Eso es...

—No te lances, que no ha sido así. Pero no sé
por qué –añadió, perplejo de verdad.

—¿Se supone que lo que has dicho era un cum-
plido?

—Demonios... no, no lo era. No sé qué narices
era. Pero ahora no sé qué hacer.

—¿Por qué?

Negó con la cabeza. No tenía por qué sentir semejante atracción por ella, y sin embargo tuvo que
mover las piernas por una incómoda erección. La
deseaba. Ya. Pero aquella noche no iba a ocurrir.
Necesitaba asegurarse de que lo de ser pareja fun-
cionaba entre ellos antes de nada, y, si intentaba
acostarse con ella aquella misma noche, la haría
salir corriendo como alma que lleva el diablo.

Capítulo Tres

En los últimos treinta minutos, Russell Holloway había empezado a hacerse real para ella. Ya no
era ese chico malo del que podía mantenerse a distancia. Es más: lo había besado.

Era lo más atrevido que había hecho desde que
en el instituto se fue a bañar desnuda. Había llegado a ser una adulta muy seria. De hecho, habían
pasado casi siete meses desde su último beso.

En aquel momento, aún le temblaban los labios
tras el contacto con Russell. Y quería algo más que
unos besos. Tenía la impresión de que Russell sabría
utilizar su cuerpo sacándole el máximo partido, y
desde luego ella estaba preparada para algo más.

Llevaba toda la vida siendo sensata, y ¿adónde
le había conducido? Estaba sola y haciendo tonterías como contratar un servicio de búsqueda de
pareja y un reality show para la tele. Quería algo, o
mejor a alguien, diferente, y Russell lo era.

–Has vuelto a quedarte mirándome –dijo con
esa media sonrisa que empezaba a acostumbrarse
a ver. La utilizaba como un escudo para parecer
abierto y relajado, pero sabía que era una másca-
ra.

–Es por tu culpa. Si te comportaras como yo esperaba que te comportases, podría dar media vuelta y
fingir que le había dado a esta cita una oportunidad.

–¿Y adónde irías? –le preguntó–. Si estás en el programa, me temo que no tienes muchas opciones.

–Eso es cierto. Supongo que volvería a mi pequeño mundo, en el que todo encaja en su sitio.

–¿Y yo no encajo ya? –le preguntó él.

No estaba segura de qué haría con Russell en su casa. No estaba hecha para salir con un playboy de la jet set. Sabía que no era para ella.

–Pues no.

–¿Qué es lo que estoy haciendo mal?

–Besarme.

–¿No te ha gustado? Puedo intentar mejorar mi técnica.

–Me ha gustado demasiado. No te ofendas…

Russell enarcó las cejas al mirarla y fue como si creyera que lo que decía era solo para divertirle.

–Si me lo dices así, no me lo voy a creer.

–Ya. Yo me esperaba que tu beso fuera rutinario y mecánico…

–Me alegro de haberte desilusionado.

Gail arrugó la nariz y le dio en un brazo.

–No pienso bajar la guardia, por encantador que consigas ser. Aún no confío en ti.

–No esperaba que lo hicieras, pero sí hay algo que debes saber.

–¿El qué?

–Que nunca pierdo.

–Y yo no quiero que pierdas. Lo que quiero es que los dos consigamos lo que andamos buscando.

Se recostó en su asiento, mirando por la ventanilla. El piloto había dado ya la vuelta en dirección al helipuerto de la azotea del Big Apple Kiwi.

–O sea, que no ha salido bien, ¿verdad?

–Solo si me consideras un trofeo. Los dos vamos a tientas en esto. Yo no voy a juzgarte.

–Yo creo que sí. Es de esperar que lo hagas. Si no, ¿cómo ibas a asegurarte de que no soy el jugador que dicen que soy?

Gail sabía que había confeccionado su lista imaginando a un hombre ficticio. Sus padres se habían divorciado cuando ella tenía ocho años, de modo que a él solo lo recordaba vagamente en casa. Su madre había salido después con otros hombres, pero no volvió a casarse, así que ella tuvo que asesorarse a través de películas y libros para formarse una opinión sobre lo que quería encontrar en un hombre. Bueno, eso y los hombres con los que había salido y que siempre la habían dejado insatisfecha.

–Busco una relación de ganador a ganador –dijo por fin.

–Yo también. ¿Tenemos que seguir con las cámaras cuando aterricemos?

–No sé. Nos lo dirán enseguida. ¿Por qué?

–Si no tenemos que quedarnos, ¿te vendrás conmigo a tomar algo?

Veinte minutos antes habría contestado que no, pero ahora quería pasar algo más de tiempo con él para conocer sus opiniones. Conocer su visión del mundo. Su imagen pública parecía muy distinta de la privada, y estaba decidida a averiguar si la distancia que las separaba era muy grande.

Respiró hondo. Era fácil decir que quería cambiar, pero la realidad era bien distinta. En la cita que ella se había imaginado, el hombre era todo lo que Hollywood y las novelas románticas le habían hecho esperar, pero Russell era una mezcla de esas fantasías y la realidad, y tenía que decidir si estaba preparada para abandonar esas expectativas y contemplar el mundo de Russell.

Y lo estaba. No habría firmado un contrato con la agencia de no estarlo.

—Sí.

—Bien. Ya sabía yo que esto iba a estar bien.

—¿Lo de la agencia? Es curioso, porque yo no estoy segura del todo de que vaya a funcionar. Cuando vi su anuncio era el día de Nochevieja y me había bebido un par de copas de champán.

—¿Y habías tenido una cita desastrosa?

—No. Estaba sola, y decidí entonces que la siguiente Nochevieja no lo estaría.

—Bueno, yo creo que vas por buen camino. Las casamenteras forman parte de la tradición.

—¿También en Australia?

—Yo soy de Nueva Zelanda, pero sí, incluso allí. Algunas de las mujeres que vivían en mi pueblo habían llegado allí por un anuncio.

—¿Tienes dudas sobre lo que estamos haciendo?

Ella las había sentido. Nada más firmar el contrato había empezado a sentirse vulnerable y asustada.

—Muchas, pero cuando me paro a pensar, me doy cuenta de que, si una mujer ha podido tener el valor suficiente para hacerlo, yo también voy a poder. Que otra persona elija a alguien para ti no es peor que empezar a charlar con un desconocido en un bar.

—Yo nunca he conocido a nadie en un bar. La mayoría de los hombres con los que he salido eran del trabajo o de algún curso.

—No me sorprende. No me pareces de la clase

de mujer que permitiría que un hombre se la ligara en un bar.

–¿Por qué no?

–Porque no habrías tenido tiempo de hacer todas las preguntas que guardas en tus listas. La mayoría de los hombres buscan algo rápido.

Al sentir cómo la miraba se preguntó si no habría revelado algo de sí misma que no quería mostrar.

El helicóptero estaba a punto de aterrizar y respiró hondo. Estaba en un reality de la tele con un playboy millonario en su primera cita, un escenario completamente desconocido para ella, y sin embargo estaba dispuesta a interpretar su papel.

–¿En qué piensas? –le preguntó él.

–En lo irreal que me resulta todo esto.

–Estoy de acuerdo, pero a mí no me importa. Ninguno de los dos hemos tenido suerte con nuestras citas en el mundo real, así que puede que esto funcione –contestó Russell.

No estaba segura ni mucho menos.

Aterrizaron y se quitaron los cascos cuando el piloto paró el motor.

–¿Tenemos que decirles que nos hemos besado?

Russell le acarició el brazo y tomó su mano.

–Puede ser nuestro secreto.

Con aquellas palabras había hecho de los dos una pareja. Tenían un secreto que les pertenecía y, en una noche de emociones públicas y romanticismo de prestado, era la primera cosa auténtica que ocurría.

–De acuerdo. Me gusta la idea.

–Bien. A mí me gusta la idea de que seamos dos.

A ella también, pero ¿por qué? Quería averiguar qué era lo que tanto la atraía de él, pero tenía la sensación de que las emociones que despertara en ella no iban a ser lógicas.

–¿Dispuesta para enfrentarte a las cámaras?

–Sí.

Y también lo estaba para conocerle mejor a él, una vez dejaran de grabar y estuvieran solos. Porque Russell le gustaba de verdad cuando estaban solos.

Russell oía a la productora hablar con Gail y, de vez en cuando, la oía reírse. Era una risa llena de alegría. Debía de estar disfrutando con la conversación. Con Willow estaba relajada y tenía bajada la guardia. Aún le quedaba un largo trecho para conocer a la verdadera Gail Little.

–¿Qué tal va por ahora tu cita? –le preguntó Conner MacAfee, acercándose a él.

–No va mal.

–Bien. ¿Sabías que Matchmakers Inc. tiene un cien por cien de éxito en su trabajo?

–¿En serio?

–Sí.

–¿Habéis hecho algo distinto para nosotros porque se iba a rodar el programa?

–No, nada. No podemos comprometer nuestra política, ni siquiera por un programa. Espero que esto nos dé publicidad y no funcionaría si hubiéramos hecho algo diferente a lo que preparamos para el resto de nuestros clientes.

–Entiendo. ¿Sabes algo de Gail? –le preguntó. Le pareció que era una pregunta ética, dado que ella había oído hablar de él en muchas ocasiones.

–No. Yo no suelo participar en la preparación

de las citas. Me limito a dirigir la empresa. Tenía que utilizar mi título de Harvard de algún modo.

–No seas presumido.

–¿Para qué sirve tenerlo si no se lo puedes decir a nadie?

–¿Por qué eres el dueño de un servicio de citas? –quiso saber Russell. Su amigo poseía una de las mentes más agudas para los negocios, y siempre le había chocado su elección.

–El negocio era de mi abuela y yo lo heredé. Pensé que no ganaría dinero con él y que podría utilizarlo para temas impositivos, pero me llevé una buena sorpresa.

–El mercado puede ser impredecible. Yo ahora estoy intentando diversificar para asegurarme de tener mis intereses repartidos en varios segmentos.

Esa había sido una de las razones que lo habían empujado a aceptar lo del programa. Necesitaba inversores que viesen que era un hombre nuevo.

–Nosotros también. Hemos creado un sistema de localización de esposa para nuestros clientes más excéntricos.

–¿Qué significa eso?

–Primero aprobamos a una mujer y luego la ponemos en contacto con el hombre, que se casa con ella sin haber habido un cortejo previo. Es un servicio muy novedoso y con él ocupamos un nuevo nicho en el mercado. Además, deja pingües beneficios.

–Interesante –comentó Russell. Todo el mundo andaba buscando el modo de abrirse camino en aquel nuevo contexto económico.

–¿Necesitas algo de mí? –le ofreció Conner.

–No. ¿Hay partida el jueves por la noche?

–Por supuesto. Quiero tener la oportunidad de recuperar algo de lo que perdí.

–Pues buena suerte. Las cartas siempre se me han dado bien.

–Lo sé. Recuerdo cuando nos conocimos. Habías ganado suficiente dinero en las mesas de juego de México para pagar la nómina de tus trabajadores.

–Esos días han quedado atrás, pero mi habilidad en una mesa de póquer no ha disminuido nada.

–Habrá que verlo. Recuerda en qué país estás.

–Aún no he perdido –sonrió.

–Eso solo significa que estás a punto de palmar –respondió Conner con una sonrisa. Russell le vio alejarse y respiró hondo. El aire estaba fresco aquella noche, y de pronto experimentó una sensación de paz que hacía mucho que no sentía.

El equipo de producción abandonó la azotea en grupo. Vio a Conner caminar hacia los ascensores con Gail y Willow. Seguían hablando.

–Me ha llamado una amiga vuestra –decía Conner, mirándolas a ambas.

–¿Mía? –preguntó Willow.

–Sí. Nichole… no recuerdo el apellido. Quiere entrevistarme para hablar de Matchmakers Inc.

–Trabaja para *America Today*. Es de confianza.

El ascensor llegó.

–¿Quieres que hablemos de ello un momento? –preguntó Willow.

–Sí que me gustaría –contestó Conner–. Hasta luego, Russell.

Russell se despidió de su amigo cuando las puertas se abrían. Dylan, su asistente, llegaba en él y por su expresión parecía preocupado.

–Hola, jefe. Tenemos un problema –dijo nada más salir.

–Os dejo con lo vuestro –dijo Gail, apartándose de ambos.

–Espera, Gail. ¿Sigue en pie lo de ir a tomar una copa?

–Sí. ¿En el bar del hotel?

–Me parece bien. ¿En veinte minutos?

–De acuerdo –respondió ella cuando entraba en el ascensor.

Russell esperó a que las puertas se cerraran antes de preguntarle a Dylan:

–¿Qué es tan importante que requiere mi atención personal?

–Penny Thomson está en el vestíbulo y quiere verle. He intentado convencerla de que esperara en el despacho, pero no ha habido manera.

«Genial». No era precisamente lo que necesitaba esa noche, pero tendría que enfrentarse a ello.

–Por favor, ocúpate de Gail hasta que yo haya terminado con Penny.

–Encantado, jefe –dijo Dylan.

–Mejor hablo yo con ella. Dile a Penny que voy de camino, pero que me encontraré con ella en el despacho, no en el vestíbulo.

Tomó el ascensor para bajar al vestíbulo, y una vez allí, vio que Willow estaba de nuevo hablando con Gail.

Russell se acercó.

–Lo siento, pero voy a tardar un poco más de lo previsto. ¿Podemos vernos en cuarenta y cinco minutos?

Gail se sonrojó un poco y se volvió hacia Willow.

–Vamos a tomarnos una copa. ¿Pasa algo?

–No hay problema. Queremos captar las fases de vuestra relación, no hasta el último segundo. Pasadlo bien.

Gail le sonrió.

–Entonces, bajaré en tres cuartos de hora.

–Bien.

Russell atravesó el vestíbulo y se dirigió a la oficina que había detrás de recepción. Dylan estaba en la puerta cuando Russell se acercó.

–Siempre había pensado que Penny sería más agradable en persona –le dijo, pero al instante se arrepintió–. Lo siento, señor. No debería haberlo dicho en voz alta.

–Seguramente no, pero estoy de acuerdo contigo en que a veces puede ser una bruja.

Dylan asintió.

Russell abrió la puerta y vio a Penny sentada en el borde de la mesa. Tenía su iPhone en la mano y estaba escribiendo delicadamente un mensaje.

–Ya era hora de que llegaras. Estoy escribiendo en twitter sobre lo inconveniente que resulta esperar a quien ha sido tu amante.

–Yo también me alegro de verte, Penny.

–Sí, bueno. Me dejaste bien claro que no querías volver a verme.

Era una estrella en ciernes de Hollywood, tan hermosa que la primera vez que Russell la vio se quedó sin palabras. Le había resultado imposible pensar en otra cosa que no fuera el sexo durante los dos primeros días, que pasaron enteros en la cama. Pero no tardó en darse cuenta de que había sido un error. Penny era insulsa, y estaba tan centrada en sí misma que le resultaba imposible tener en cuenta a nadie más.

–Deja de tuitear. Siempre te metes en líos con eso.

–Pues esta vez vas a ser tú el que se meta en un lío, Russell.

–¿Por qué? Creía que habíamos acabado en buenos términos.

–Claro que sí. Pero resulta que tenemos algunas cuestiones sin resolver.

Russell se dio cuenta mientras Penny hablaba de que estaba deseando olvidarse de ella y volver con Gail.

–¿Por ejemplo?

–Estoy embarazada.

Russell movió la cabeza. Había tenido que enfrentarse a una demanda de paternidad cuando tenía veinticuatro años, y desde entonces, cada vez que una amante con la que había roto se quedaba embarazada, tenía que enfrentarse a la misma situación.

–Yo no soy el padre.

–Yo no estaría tan seguro, y voy a hablar de ello en twitter a menos que hagas lo que debes hacer.

No podía haber elegido peor momento. Era la clase de situación a la que no quería enfrentarse precisamente aquel día. Quería volver junto a Gail y seguir cortejándola, no tener que ocuparse de aquello.

–Vas a tener que demostrarme que estás embarazada, y luego someterte a una prueba de paternidad.

–No sé por qué. El bebé es tuyo, y, si no cooperas, te voy a hacer la vida muy difícil.

Él sabía que era muy capaz de hacerlo. Iba a tener que emplearse con delicadeza porque Gail representaba su oportunidad de tener el futuro que deseaba, y Penny formaba parte del pasado del que con tanto ahínco intentaba distanciarse.

Gail esperó en el bar del vestíbulo. Se sentía un poco rara estando allí sola.

Alzó la vista. Russell salía de la oficina con la mano en el hombro de una mujer que le resultaba familiar. Se inclinó hacia delante y la reconoció: era Penny Thomson, estrella en alza de Hollywood y ex de Russell. Estuvo observándolos un rato y no tardó en llegar a la conclusión de que no era la clase de hombre al que quería conocer mejor.

Sabía que muchos de los hombres con los que saliera tendrían alguna ex, pero con otro hombre no se encontraría compitiendo con alguien como Penny. Aquello era un error, pero su parte más romántica había ganado la partida durante el vuelo en helicóptero sobre Manhattan. El tiempo apremiaba. Tenía unos cuantos meses para encontrar a un hombre si quería poner en marcha su «plan familia», es decir, un marido y unos hijos.

Se llevó a los labios el vaso de agua con gas que había pedido y tomó un sorbo intentando no interesarse por lo que veía, pero era imposible. Russell y Penny hacían una pareja perfecta. Quedarían genial en la tele. Nada que ver con Russell y ella.

Ya había tenido suficiente. Se iba a casa y, a la mañana siguiente, pondría en marcha otro plan. Por ahora necesitaba alejarse del Big Apple Kiwi y del hombre que había estado a punto de… ¿de qué?

Durante un rato, se había olvidado de que era una chica corriente, se había olvidado del sentido común y de lo que en aquel instante le estaba resultando dolorosamente obvio: que no era posible que Russell se interesara por ella porque estaba acostumbrado a un tipo de mujer que jugaba en otra liga.

No es que se estuviera menospreciando; solo era realista. Ella era una mujer normal con un trabajo y una vida, no una muñequita sexual cuyo único objetivo era colgarse del brazo de Russell.

–¿No habías quedado con Russell?

Willow la había visto en el bar y se había acercado a su mesa.

–Sí –le contestó, apartando la mirada del hombre en cuestión–. Está ahí.

Willow vio a la pareja y se sentó junto a Gail. Willow tenía una hermosa melena de cabello negro que le llegaba hasta la cintura, pero solía llevarlo recogido en una coleta. Era alta. Medía casi un metro setenta y cinco y tenía unas facciones poco corrientes, y mirándola Gail pensó que Willow quedaría mejor del brazo de Russell que ella.

–¿De qué va eso? –preguntó, haciendo un gesto hacia los dos.

–No lo sé. Me parece que no es hombre para mí. Yo no puedo seguir haciendo esto durante cinco citas más. Sé que voy a fastidiaros el programa, pero no puedo, de verdad.

Willow asintió.

–Lo comprendo. Hablaré con Conner y le pediré que te busque otra pareja.

–No. Creo que eso no serviría. No quiero que algo tan importante quede fuera de mi control.

–Entonces, ¿por qué firmaste el contrato? Fuiste tú quien empezó con todo esto. Todo, incluido el programa. ¿Qué ha cambiado?

Gail respiró hondo.

–Creo que al final podría salir malparada. No tuve en cuenta esa parte en mi plan.

–¿Qué parte?

–La de los sentimientos, Will. Podría enamorarme fácilmente de Russell, con todo su encanto y su aura de chico malo, pero no sé qué narices hace en el programa. Podría estar utilizándome… y seguramente es así, y no tengo modo de proteger mis sentimientos.

Willow le pasó un brazo por los hombros.

–No voy a mentirte. Quiero que sigas saliendo con él porque es diferente de los hombres con los que sueles salir y creo que te hace falta un cambio, pero tampoco quiero que sufras.

Gail intentó recuperar en el pensamiento la imagen del hombre al que quería encontrar, y se dio cuenta de que le aparecía el rostro de Russell. Le gustaba. Era divertido, sabía cómo reírse de sí mismo y sabía ser convincente a la hora de hacerla creer que quería cambiar. Pero acababa de ver la prueba de lo contrario con sus propios ojos.

–Siento celos –admitió.

–¿De quién?

–De Penny. ¿Los has visto juntos? Hacen una pareja genial. Yo no soy tan guapa como ella y…

–Tú lo eres más.

–Y tú eres una de mis mejores amigas, así que tu opinión no vale.

–Cierto, pero no voy a mentirte. Sí, es guapa de

un modo, digamos, muy acicalado, pero tú nunca has sido consciente de lo encantadora que eres, y yo creo que Russell sí lo ha visto. No tenía por qué haberte invitado a tomar una copa, ¿no?

–Pues no –admitió, pensando en el beso del helicóptero. Había atracción entre ellos. ¿Sería por pura novedad? Ni lo sabía ni quería tener que esperar mucho para averiguarlo.

–Yo… creo que voy a dar marcha atrás –concluyó–. No puedo arriesgarme a que Russell esté jugando conmigo y utilizándome como peón.

–Cierto –contestó Willow–. Hablaré con Matchmakers y encontraremos a otra pareja para que ocupe vuestro lugar.

–No –espetó Russell, sorprendiéndolas a ambas. Se había plantado junto a su mesa.

–¿No? –repitió Gail–. Creo que no puedes decidir por mí.

–Tiene razón –dijo Willow–. Solo nos interesa que participéis en el programa si los dos queréis seguir adelante.

Russell se sentó.

–Es perfectamente lógico, pero no pienso permitir que Gail abandone sin haber hablado conmigo antes –declaró, y mirando a Willow, añadió–: ¿Nos darías hasta mañana por la mañana?

–Sí, pero no creo que Gail cambie de opinión.

–Si no puedo convencerla de que me dé una oportunidad, estaré de acuerdo en que será lo mejor ponerle punto final ahora mismo. Vámonos de aquí.

Capítulo Cuatro

Russell necesitaba a Gail más que nunca. Su encuentro con Penny le había convencido de que, si quería tener la oportunidad de cambiar su reputación y la de los Kiwi Klubs, tendría que ser con alguien como ella. Pero su conciencia no le iba a permitir que la utilizara. Iba a tener que sincerarse.

–No estoy segura de que puedas convencerme de que cambie de opinión –dijo Gail cuando entraron en su apartamento del último piso del Big Apple Kiwi.

Una pared era totalmente de cristal, del techo al suelo, lo que hacía que toda la ciudad le sirviera de telón de fondo al apartamento. Había visto fotografías de sitios así en la revista *Home &Garden*, pero le parecía un escenario de teatro. No se sentía cómoda ni en el piso ni con Russell.

–Si no puedo lograrlo, es que no te merezco –dijo él–. ¿Qué te sirvo?

–Estoy algo cansada, así que mejor nada de alcohol –contestó–. Me quedaría dormida.

–Bien. El salón está allí –dijo Russell, señalando unos sillones de piel agrupados en una zona informal–. Siéntate mientras yo me sirvo un whisky.

Hizo lo que le dijo y él fue al bar para servirse dos dedos de whisky sin hielo ni agua. Gail estaba encantadora en aquel sofá de cuero, pero también se la veía un poco perdida en él. Su apartamento era, claramente, el dominio de un hombre, y verla allí le hizo darse cuenta de los cambios que tendría que hacer para recibir a una mujer en su vida.

Tomó un buen trago y dejó el vaso antes de sentarse a su lado. Convencerla de que quería cambiar era fácil; sabía que ya había conseguido que viera más allá de las portadas de la prensa rosa. Convencerla de que iba a hacerlo era harina de otro costal.

–Tienes un piso muy agradable –le dijo ella cuando se sentó.

–Gracias.

–¿Ha salido en alguna revista de decoración? –le preguntó, mirando alrededor.

–En dos. Mi decoradora lo utiliza para hacerse publicidad.

–¿Y ha funcionado?

–Por ahora, sí. Me va a decorar la casa nueva que me he comprado en los Hamptons con un veinte por ciento de descuento. Seguro que no resulta tan acogedora como la tuya –aventuró.

–Pero satisface tus necesidades. Pareces sentirte cómodo aquí.

–Lo estoy. Gail, no quiero que des marcha atrás en lo nuestro. De verdad necesito a una mujer como tú en mi vida.

–Es posible que eso sea lo que piensas, pero esta noche te he visto con Penny, y ella encaja perfectamente contigo y con tu estilo de vida.

–No tienes ni idea de hasta qué punto estás equivocada. Penny es divertida –dijo. No quería decir nada malo de ella, pero quería que Gail comprendiera que estaba acostumbrada a interpretar un papel, lo mismo que él–. Somos demasiado parecidos, y yo necesito una mujer como tú, que me obligue a ser honrado.

–Lo que tú necesitas es una madre –replicó ella.

–No es cierto. La mayoría de la gente acepta mi forma de comportarme y mis flirteos con las mujeres como si esa fuera mi verdadera forma de ser, y tengo la impresión de que tú no lo harías.

–En eso tienes razón. No me interesa un hombre que no sea capaz de comprometerse.

Eso lo sabía, y era lo que necesitaba. La necesitaba a ella. Le gustaba, sería perfecta para su imagen. Tenía un aire totalmente respetable, y no la clase de mujer a la que pillarían haciendo topless en su barco. Sin embargo, presentía que había pasión en ella, así que no debía de ser una mojigata.

–Me parece bien. Estoy demasiado acostumbrado a salirme con la mía.

–Exacto. Es la razón de que estemos manteniendo esta conversación. Russell, estoy segura de que eres sincero cuando dices que quieres cambiar, e incluso que quieres encontrar una mujer con la que pasar el resto de tu vida.

–Pero…

Tenía que encontrar algo con lo que poder convencerla de que siguieran adelante, pero no tenía ni idea de qué podría funcionar.

–No estoy segura de ser la mujer adecuada para ti. No creo que pueda ayudarte a obrar el milagro. Pero lo que sí sé es que me gustas, y que me parece posible que acabara planteándome algo contigo, y si luego resulta que me estabas engañando…

–Me condenas por algo que aún no he hecho.

–Basándome en tu historial. Toma por ejemplo a Penny. ¿Qué hacía aquí esta noche?

–Es que… tiene un problema y ha pensado que yo podría ayudarla.

¿Cómo contarle que creía estar embarazada y que él era el padre? Gail saldría a todo correr de allí, pero explicarle por qué él no podía ser el padre… era demasiado pronto en su relación.

–Háblame de ello.

–No sé bien qué está pasando en realidad. Con Penny siempre es todo un drama.

–Eso lo entiendo –contestó, recostándose en el respaldo del sofá–. Estoy acostumbrada a tratar con clientes así. Pero para mí esto no es un asunto de negocios, sino mi vida real, mi futuro.

–Ya me había imaginado que tendrías algo de experiencia en esa clase de cosas, trabajando en relaciones públicas. Penny está muy nerviosa, pero creo que cuando haya reflexionado, todo se aclarará. Sé que cuanto estamos haciendo es personal. No estoy jugando contigo.

–¿Estás seguro? Me gustaría poder creerte.

–Pues hazlo.

–¿Necesitas mi ayuda profesional? Podría aceptarte como cliente aunque lo de que salgamos juntos no funcione. Incluso te haría un veinte por ciento de descuento.

–¡Ja! Qué generosa. Pero necesito tu ayuda personal, Gail. Quiero que me des la oportunidad de ser el hombre de tus sueños.

Se sentía un poco cursi diciendo esas palabras, pero sabía que con Gail era importante, y estaba dispuesto a hacer caso de su instinto. Había sido precisamente su instinto el que lo había guiado en los mejores negocios, y confiaba en él para que le ayudase con Gail.

–Uf…

Se levantó, se acercó a la ventana y con una mano apoyada en el cristal, miró hacia afuera. En el reflejo, Russell pudo ver que parecía perpleja.

–¿Qué? –preguntó, acercándose.

Ella se dio la vuelta y cruzó los brazos.

–Sé que debería decir que no y marcharme antes de que nos conozcamos más, pero no puedo.

–¿Por qué no puedes?

Sabía que era porque estaba diciendo las palabras adecuadas. Siempre había tenido buen instinto para descubrir lo que una mujer necesitaba que le dijeran al principio de una relación. Era cuando avanzaban en ella cuando empezaban los problemas.

–Porque eres una tentación para mí, Russell –admitió ella–. Pero que no se te suba a la cabeza. Me apetece mucho conocerte mejor.

–Bien –contestó él.

Si tenía la oportunidad de pasar más tiempo a solas con ella, conseguiría ganársela. Pero aparte de decir las palabras adecuadas, iba a tener que hacer lo adecuado, y eso sería mucho más difícil.

Se quedó mirándola, y supo que iba a hacer lo que hiciese falta para conseguir que le creyera, porque sin Gail no tendría nada. Solo la existencia vacía que había llevado hasta entonces, y en la que ya no quería seguir viviendo.

***

51

Gail no sabía si iba a estar a la altura para afrontar el desafío que suponía Russell. Hubiera querido fingir que era lujuria y atracción, porque así podría atribuirlo a sus hormonas y olvidarse de lo demás, pero había mucho más aparte de la atracción física.

—Seguiré adelante con el programa y con las citas, pero solo si eres completamente sincero conmigo, Russell. Si te pillo en un renuncio, se acabó.

No otorgaba su confianza con facilidad, y con un hombre como él… todavía se volvía más desconfiada. Se sentía fuera de su elemento, y aunque en parte esa sensación la excitaba, por otra parte la empujaba a huir.

—Doy por hecho que yo puedo esperar lo mismo de ti en cualquier circunstancia.

—Sí. Estoy acostumbrada a estar sola y a ser muy celosa de mi intimidad, pero intentaré ser abierta contigo.

Russell le sonrió y ella sintió un estremecimiento de alegría.

—Te ayudaré.

—De acuerdo. Y ahora que ya está todo acordado, creo que es hora de que me vaya a casa.

Quería volver a su santuario, con sus cómodos sillones y su música relajante. Quería percibir los olores de su casa y dejar que la serenaran, como ocurría cada noche al volver.

—No quiero que te vayas.

—Tengo que hacerlo. Estoy cansada y tengo una cita pronto mañana. Pero he disfrutado de esta noche. Ha sido diferente.

—Desde luego. Yo he disfrutado de tu compañía, Gail.

Le gustaba cómo sonaba su nombre en sus labios y la intimidad implícita en el modo en que se dirigía a ella. Se sentía especial, singular, y empezaba a gustarle casi demasiado.

–Gracias –le contestó–. Bueno, nos vemos en la próxima cita.

–Sí. Pero no me gustaría tener que esperar una semana. Si te llamo antes, a lo mejor podemos vernos un rato.

Gail asintió, aunque sabía que necesitaba distanciarse un poco para encontrar el modo de conocer mejor a Russell sin que se le acercara demasiado.

–Llámame –le dijo, y echó a andar hacia la puerta, pero él la alcanzó antes, le pasó un brazo por los hombros y mantuvo la puerta cerrada.

–¿Tanto miedo te doy que tienes que salir corriendo de aquí?

Se volvió para mirarle a la cara. Qué fácil sería rendirse en aquel mismo instante, pero, cuando se despertara a la mañana siguiente, lamentaría haberlo hecho.

Sin embargo, no había razón por la que no pudiera tocarlo al menos, ahora que estaban lejos de las cámaras. Levantó la mano y rozó su mentón. Puso la otra mano sobre su pecho y la fue deslizando hasta llegar a la espalda. Él permaneció inmóvil, dejándola hacer.

–No me asustas, Russell –le dijo, confiando en que pronunciar en voz alta aquellas palabras obrara el milagro de que su significado se convirtiera en realidad. Porque sabía que estaba asustada de sí misma. Tenía miedo de su propia fantasía del señor Perfecto; llevaba con ella tanto tiempo que ardía de ganas de conocer al hombre capaz de encarnarla. Y había aspectos de Russell que encajaban con facilidad en cada casilla de la descripción.

Russell se acercó un poco más, y el perfume especiado de su loción de afeitar la envolvió, igual que el calor de su cuerpo. Sintió su aliento en la sien y cerró los ojos un instante para fingir que no conocía su reputación y que era un hombre como cualquier otro… muy guapo, eso sí. Quería fingir que no había un cronómetro apremiándola para que encontrase de una vez por todas a su señor Perfecto. Fingir que podía besarlo y marcharse después.

Se acercó aún un poco más y le besó en los labios. Quería que fuera solo un beso ligero y delicado, pero él entreabrió los labios y no pudo resistir la tentación de penetrar en su boca con la lengua para saborearle una única vez.

Pero su sabor era adictivo, y un beso rápido no era suficiente. Se acercó más y sintió que él le ponía una mano en la espalda, en la cintura, apretándola contra él mientras ella se alzaba de puntillas.

Qué bien se sentía así… demasiado bien. Tanto que no quería separarse. Quería quedarse en sus brazos aquella noche y todas las noches. Y ese era el problema. Dio un paso hacia atrás y se separó.

—Buenas noches —se despidió, decidida a marcharse antes de que acabara haciendo algo verdaderamente estúpido, como colgarse de su cuello y rogarle que le hiciera el amor.

—Veo que es verdad que quieres irte. ¿No puedo hacer nada para convencerte de que te quedes?

Ella negó con la cabeza. Claro que había cosas que podía hacer, pero sabía que lo lamentaría a la mañana siguiente y que no debía rendirse a esa clase de tentación. Russell era peligroso porque podía hacerle olvidar la razón principal por la que había decidido firmar un contrato con un servicio de búsqueda de parejas.

—Tendrías que ser un hombre distinto.

Él asintió y apretó los labios al mirarla. Luego le apartó un mechón de pelo de la cara y se agachó un poco para mirarla a los ojos.

—Te demostraré que puedo serlo.

Puso una mano en su espalda y la acompañó hasta el ascensor. Bajó con ella y le pidió al conserje que llamara a su chófer.

—Puedo tomar un taxi.

—De eso nada. Yo cuido siempre de mis mujeres.

—Yo no quiero ser una de tus mujeres –respondió. Y ese era el problema con él: que el mundo siempre la consideraría como una de sus mujeres, y no la suya. Tendría que descubrir cómo se sentía con ello, y si era lo bastante fuerte como para iniciar una relación con él de todos modos.

—Eso me lo dejaste claro cuando te marchaste, pero no voy a permitir que vuelvas a casa en taxi teniendo yo un coche.

—Te lo estoy poniendo difícil, ¿verdad?

—Un poco.

—Está en mi naturaleza. Antes me has preguntado si tenía miedo de ti, y te he dicho que no. Es la verdad. Pero me siento un poco insegura porque para mí eres una tentación constante que me empuja a abandonar el sentido común, y eso es algo que no estoy dispuesta a hacer.

–Ya encontraremos el modo de hacerlo cuando lleguemos a ese punto. Hasta entonces, tengo que conquistarte, pero no olvides que yo siempre juego para ganar.

¿Cómo iba a poder olvidarlo, si no pensaba en otra cosa? En eso y en el hecho de que, si él ganaba, ella no quería ser la que perdiera. No quería llegar al final sola, únicamente con un puñado de recuerdos y el corazón roto. No iba a permitirlo.

–Eso me lo dijiste cuando nos conocimos. Creo que no deberías considerar tus relaciones como algo en lo que tienes que ganar.

–¿Por qué no?

Parecía desear de verdad que lo suyo funcionase, y se sintió mal por estarle poniendo tantos obstáculos.

–Porque una competición no es el modo de construir algo.

–Lo pensaré. Ahí está mi chófer. Buenas noches, Gail.

–Buenas noches, Russell –contestó, y se alejó de él deseando poder quitárselo de la cabeza con la misma facilidad.

Russell se pasó la mañana de reunión en reunión y la tarde rodando algunos anuncios publicitarios para el programa. Albergaba la esperanza de ver a Gail, pero solo vio a Willow acompañada de un cámara que lo fueron siguiendo por todo el edificio para grabarlo en su día a día. Cuando acabaron con el rodaje, hizo un aparte con Willow.

–¿Tienes tiempo de tomar algo conmigo?

–Unos quince minutos –contestó ella.

–Bien.

La condujo al apartado VIP del bar, que estaba vacío a aquellas horas del día. Con un gesto pidió a una de las camareras que tomara nota.

–¿De qué querías hablarme? Gail me ha llamado ya para decirme que seguimos adelante con el programa.

–Me lo imaginaba, o no estarías aquí ahora. Quería preguntarte algo sobre Gail.

–No sé qué voy a poder decirte –respondió, agitando su melena. Willow le había impresionado por su inteligencia y su tenacidad para conseguir lo que quería.

–Es tan reservada… y las dos sois amigas, ¿no?

Las había observado estando juntas y solo quería que se lo confirmara.

–Es una de mis mejores amigas y sí, es reservada. ¿Qué quieres saber?

La camarera se acercó y Willow pidió una Coca cola light; Russell, un Perrier.

Por la noche, aquel bar estaba siempre atestado. La zona VIP disponía de unos bancos pegados a la pared donde los clientes principales podían sentarse sin ser vistos y no perderse ni un detalle de lo que ocurría. Era un mundo y un entorno que él conocía bien, y Willow parecía fuera de lugar con aquellos vaqueros y su camiseta. Seguramente, Gail tampoco se sentiría cómoda allí.

En cuanto la camarera se marchó, Russell volvió a hablar.

–Quiero saberlo todo. Pero eso no lo voy a conseguir, ¿verdad?

–No. Si ella quiere que sepas algo, ya te lo contará. Me temo que no voy a poder ayudarte demasiado.

–Gail es distinta, Willow. Quiero saber de qué manera conseguir que se abra a mí. Si sigue tan cerrada… ninguno de los dos va a conseguir lo que pretende.

La camarera les llevó las bebidas y Willow tomó un largo trago de la suya.

–Tienes que conseguir que se relaje. En tu caso, yo diría que tendrá que conseguir olvidarse de cuanto ha oído hablar de ti a lo largo de los años, y eso va a ser muy difícil. Pero una vez empiece a ver la persona que eres en realidad, bajará la guardia.

–De acuerdo.

No tenía ni idea de quién era el verdadero Russell. Llevaba tanto tiempo fingiendo ser lo que fuera necesario para ganar dinero y tener éxito que el hombre que había detrás de la fachada se había perdido. ¿Importaría eso de verdad? No necesitaba saber quién era en el fondo para conquistar a Gail, sino saber qué tenía Gail anotado en su famosa lista del hombre perfecto.

–Gracias por decírmelo.

–Sospecho que eso ya lo sabías tú.

–Lo sabía, sí, pero esperaba que me dijeras que una joya o un regalo caro allanaría el terreno.

Willow se rio.

–Así sería más fácil, ¿verdad? Pero Gail tiene dinero suficiente y no necesita cosas.

–¿Y qué es lo que necesita? ¿Sabes lo que hay en su lista de cualidades masculinas?

–Esa es la pregunta del millón de dólares. Es

muy reservada con esas cosas. Ni siquiera habla de ellas con sus amigas.

Eso resultaba muy interesante. Así que la famosa lista era muy personal. Iba a tener que conseguir que confiara completamente en él para que le abriera su corazón y su alma, y necesitaría ganarse ambas cosas si pretendía convencer al mundo de que había cambiado.

–¿Cuánto tiempo hace que os conocéis?

–Desde el colegio –contestó Willow, recostándose en la silla con una sonrisa–. Hemos crecido juntas.

–Eso es mucho tiempo. La mayoría de la gente va perdiendo el contacto cuando pasan los años. Deduzco que la amistad es importante para las dos.

–Lo es. Siempre hemos estado muy unidas, y es difícil mantener esa relación cuando te haces mayor, pero no hemos dejado de intentarlo.

–Eso está bien. Yo no…

No podría decir por qué había permitido que la conversación siguiera aquel derrotero, porque no quería hablar de su infancia.

–¿No mantienes amigos de la infancia? –inquirió Willow.

Pensó en el rancho aislado de Nueva Zelanda en el que creció, y el pequeño pueblo en el que prácticamente todo el mundo conocía su historia. Sus padres habían fallecido en un accidente de tráfico cuando él tenía dieciséis años, y al ser considerado ya casi un hombre, comenzó a ganarse la vida jugando a las cartas. Siempre le había sonreído la suerte, e hizo de ella y de las ganancias que obtenía en las mesas de juego la base de su fortuna.

Nunca tuvo amigos, ni los buscó, y siempre deseó mucho más de lo que aquella pequeña población podía ofrecerle, de modo que marcharse no le resultó difícil.

–No, la verdad. No es mi estilo. Siempre ando buscando un reto profesional por el que moverme.

–¿Es eso lo que estás haciendo ahora? –quiso saber Willow. Era una mujer directa, y le miró a los ojos para hacerle la pregunta.

Lo cierto era que Russell había considerado a Gail desde el punto de vista de lo que podía hacer por él y por sus negocios. Así había sido desde un principio, pero no estaba dispuesto a admitirlo.

–Busco un cambio. A lo mejor pretendo encontrar un poco de ese compromiso que tenéis vosotras.

Ella enarcó las cejas mirándolo, y Russell tuvo la sensación de que, si la enfadaba, se metería en un buen lío.

–¿Es eso lo que le has dicho a Gail para convencerla de que se quede en el programa?

–¿Te lo ha contado?

Estaba intentando ordenar las piezas del rompecabezas que Gail era para él. ¿Compartía los detalles íntimos de su vida con sus amigos más íntimos, o se los guardaba para ella?

–No. No me ha dicho nada –contestó ella, mirándolo con dureza.

–En ese caso, yo tampoco. Gracias por tu tiempo, Willow.

–De nada.

Se levantó y le ofreció la mano. Willow no se parecía en nada a Gail, y se preguntó en qué se basaría su amistad. En su opinión, las mujeres acababan agrupándose en tipos similares, pero ellas dos no parecían tener nada en común.

Russell la acompañó al vestíbulo del hotel, y al despedirse, Willow se dio de pronto la vuelta y le pinchó con el dedo índice en el centro del pecho.

–No le hagas daño a mi amiga –le advirtió, obligándolo a retroceder.

–No es mi intención hacérselo –contestó. Quería ver a Gail más feliz de lo que lo hubiera sido nunca, porque ese sería el único modo de tener la certeza de haberla conquistado. Y eso era lo único que le importaba.

Cuando Willow se marchó, se quedó plantado en mitad del vestíbulo del Kiwi Klub, viendo cómo la gente entraba y salía. Había trabajado duro para alcanzar el éxito, y para él estaba bien claro que había conseguido lo que se había propuesto. Del mismo modo, sabía que conseguiría lo que quería con Gail, porque él no aceptaba nunca el fracaso.

Tenía más de un objetivo en mente: iba a convencer al director de Family Vacation Destination para que le vendiera las acciones que le garantizarían el control de su empresa. Y convencería a Gail de que no estaba jugando con ella. Había llegado el momento de pasar a la siguiente fase en su vida, y ella era la mujer que iba a ayudarle a conseguirlo.

Capítulo Cinco

Gail no se había cuestionado su deseo de conocer hasta el último detalle de la vida de Russell Holloway, pero, cuando se encontró haciendo la cuarta búsqueda en Internet en una sola mañana, supo que tenía que llamarlo.

Tomó un sorbo de su té Earl Grey y se recostó en la silla. Quería encontrar respuestas, la clase de información que le hiciera sentirse más segura saliendo con él, pero lo cierto era que nada de cuanto pudiera encontrar en la red serviría a tal efecto. Lo que ella quería comprender era… ¿el qué?

En el fondo lo sabía, pero no quería admitirlo. Lo que quería era conocer su historia de sus propios labios, de modo que, sin detenerse a seguir analizándolo, descolgó el teléfono y marcó su número.

–Holloway –contestó al primer timbrazo. Su voz sonaba fuerte y muy profesional. Estuvo a punto de colgar, pero no lo hizo.

–Soy Gail –dijo. De pronto era un manojo de nervios y había sentido el mordisco de la timidez.

Hubo una pausa. Llamarle había sido un error.

–Vaya… hola, preciosa.

Su voz se había suavizado, y el encanto que recordaba de su primera cita había florecido de nuevo.

–¿Preciosa?

–Lo eres para mí.

Parecía ser de esa clase de hombres que utilizaban palabras halagadoras con todo el mundo.

–Tengo que hacerte unas preguntas.

–Dispara. Soy un libro abierto.

–Sí, ya.

Quería verle la cara cuando le hablase de su pasado. ¿Quién era el verdadero Russell?

–Esperaba que pudiéramos vernos en persona.

–Tengo toda la tarde ocupada, y esta noche llega un VIP que no puedo endosarle a mi gente.

Gail sonrió. Aquel asalto lo iba a ganar.

–Eres un adicto al trabajo, y eso no figura en mi lista de características del hombre perfecto. Me lo apunto.

–Bien jugado. Puedo dedicarte diez minutos, pero tendrá que ser en el club.

–Allí estaré.

–Envíame un mensaje cuando llegues.

–De acuerdo. Gracias, Russell.

Iba a colgar cuando él dijo:

–Me debes una, preciosa.

–Deja de llamarme así –contestó, a pesar de que le gustaba cómo sonaba esa palabra en sus labios, pero los cumplidos y las palabras cariñosas la hacían sentirse incómoda–. ¿Me estás tomando el pelo?

–¿En qué?

Demonios, ¿por qué se habría metido en ese berenjenal? No quería hablar de su falta de atractivo precisamente con uno de los solteros más sexys, según la revista *People*.

–Llamándome preciosa –contestó, con la esperanza de que su voz no sonara tan débil y vulnerable como se sentía.

–No, claro que no. ¿Por qué piensas eso?

–Por nada –se evadió. Debería haber aprendido hacía tiempo a no hablar más de la cuenta–. Te veo dentro de un rato.

Colgó antes de que pudiera decir algo más. Debería haber ocultado la inseguridad que sentía, pero no sabía cómo salir con alguien y fingir ser una persona que no era. En su vida privada siempre era franca y hablaba con el corazón en la mano.

Salió de su despacho en dirección al Kiwi Klub. Nada más llegar, escribió un mensaje a Russell, y no tuvo que esperar mucho en el ultramoderno vestíbulo. Iba con pantalones de sport y una camisa abierta en el cuello. Estaba hablando con un hombre delgado, con mucho pelo y gafas, pero que se alejó antes de que Russell llegara hasta ella.

–Hola, Gail. Me alegro de volver a verte –la saludó, abrazándola brevemente.

–Hola, Russell –le devolvió el saludo, fingiendo que aquella forma de saludar era habitual para ella, cuando en realidad hacía mucho tiempo que no se sentía lo bastante cómoda con un hombre para intercambiar abrazos.

–Podemos ir a mi despacho y charlamos allí –dijo, echando a andar.

–Me parece bien. Siento haberte avisado con tan poco tiempo, pero estaba buscándote en Internet y…

–Odio Google. Ya no hay intimidad –protestó, abriendo una puerta con el cartel de *Privado* colgado de ella y deteniéndose para invitarla a pasar.

–Pasa con la gente que está siempre ante la mirada del público. En mi caso, lo poco que hay está relacionado con el trabajo.

–Eso no es cierto. He encontrado algunas fotos tuyas del instituto.

Gail se sonrojó al recordar las enormes gafas que llevaba entonces y su aspecto en general.

–¿Y cómo demonios las has encontrado?

Russell se encogió de hombros.

–Tengo mis métodos. Este es mi despacho.

Era una estancia lujosa, con una enorme mesa de caoba dominando el centro y las paredes paneladas en madera. Colgadas en distintas partes, había fotografías de Russell con varias personalidades.

–Siéntate –le dijo, señalando unos butacones de piel.

Se tomó su tiempo para llegar hasta uno de ellos y sentarse, y le sorprendió que él lo hiciera a su lado. ¿Qué le iba a decir? Se había hecho a la idea de que, si se encontraban cara a cara, podría ver más allá de la fachada que interponía su reputación y conseguiría ver al hombre verdadero, sobre todo sin estar las cámaras de por medio, pero en aquel instante, ya no estaba segura.

–Yo… tenía un plan, pero no estoy segura de poder hacerte las preguntas que quería hacerte.

–¿Por qué no?

–Porque son un poco indiscretas –confesó. Cuando no estaba con él en persona, le resultaba más fácil pensar en él como un objeto, como alguien a quien poder hacer preguntas personales sin preocuparle cómo pudiera sentirse. Pero en aquel momento, sentada a su lado, se dio cuenta de lo entrometida que estaba siendo.

–Pregunta, que pienso hacer lo mismo contigo.

–¿Ah, sí?

No se había imaginado que pudiera estar preocupado por ella, ya que carecía de reputación, como no fuera como buena profesional.

–Yo soy la normal de los dos.

Eso le hizo reír.

–Me alegro de saber lo que piensas de mí.

–No quería decir eso, sino que soy yo a la que esperarías ver en un programa buscando pareja, y no a ti.

Él apoyó la espalda en el sillón y estiró las piernas.

–Cuento contigo para que me ayudes a parecer un hombre que está cambiando, y eso no será posible si tienes esqueletos guardados en el armario.

No tenía nada controvertido en su pasado, de modo que no la molestaba, y por otro lado escuchar que él tenía dudas sobre ella le resultaba curiosamente tranquilizador. Le hacía parecer más real.

–Es lo justo –respondió. ¿Qué clase de preguntas habría pensado hacerle?–. Tú primero.

–De eso nada –replicó él, moviendo negativamente un dedo–. Esto no funciona así. Tú has sido quien ha llamado para que nos viéramos.

–Está bien –Gail suspiró.

Sobre todo quería saber de sus relaciones anteriores. Quería descubrir un patrón en su modo de comportarse para tener una idea de lo que podía esperar de él.

–¿Por qué llegaste a un acuerdo en la demanda de paternidad que interpusieron contra ti?

–¿Cuál de ellas?

Aunque no había cambiado de postura, ya no parecía relajado. Un momento después, se echó hacia delante y entrelazó las manos.

—¿Ha habido más de una?

—Sí. Tres. Voy a contarte algo de lo que nunca hablaré en público, ni tampoco volveré a tratar contigo.

—De acuerdo.

Tres demandas de paternidad. Qué bárbaro. Más de lo que se esperaba. Además, no sabía qué iba a hacer con esa información. ¿Significaría que no quería tener hijos?

—No soy el padre de ninguno de los tres niños, pero las tres mujeres eran amigas mías que necesitaban que alguien les echara una mano. Tengo reputación de jugador, y bastante dinero para cubrir todas mis necesidades.

—Y decidiste ayudarlas.

—Así es.

—¿Por qué? ¿Es que los niños eran hijos tuyos, pero tú no querías ser padre? Lo más lógico habría sido limpiar tu nombre y seguir adelante.

Él se encogió de hombros y miró hacia otro lado.

—En el primer caso, se trataba de una chica con la que había crecido y no sé en realidad cómo pasó… a lo mejor era una de esas semanas en las que apenas hay nada que contar, y por eso la historia apareció en los titulares, pero cuanto más se alargaba, más gente venía a los Kiwi Klubs, de modo que dejé que siguiera adelante y después llegamos a un acuerdo… la prensa lo acogió con entusiasmo, y los clientes que hicimos a raíz de ello se quedaron con nosotros.

—Entonces, ¿fue todo una artimaña mediática?

–preguntó ella. Tendría que habérselo imaginado. De hecho, la mayoría de sus clientes habrían reaccionado de ese modo.

–Acabó siéndolo, pero mi intención era solucionarlo cuanto antes y pasar página.

–¿Y los niños? ¿Tienes contacto con ellos?

–No. Saben que no soy su padre. Y yo nunca hablo ni de ellos, ni de la situación.

–No me gusta –sentenció Gail.

–Pues no puedo cambiarlo. ¿Te habría gustado más si te suelto el cuento de que me encantan los niños, y que siempre he deseado tener hijos, y que por eso decidí ayudar a las madres, para poder conocerlos?

Gail negó con la cabeza y bajó la mirada. En el fondo le hubiera gustado más que fuera de aquel otro modo. Russell empezaba a gustarle, pero aquel hecho no encajaba bien con su imagen del hombre perfecto.

–Mentirosa –la reprendió él.

–Lo siento. Tienes razón. Me gustaría que hubieras actuado por otros motivos –admitió.

–¿Eso también figura en tu lista?

–No. No quiero un hombre con hijos. Tengo una amiga que tiene hijos y se ha divorciado, y cada vez que sale con alguien, tiene problemas por sus hijos. Creo que es una complicación que no necesito.

–Pretendes una pareja basada en una imagen, en lugar de apoyarte en lo que es real. Nadie va a ser tan idóneo como el hombre perfecto que tienes en la cabeza. No voy a mentirte en esto, y para mí es más fácil dejar que los medios y la gente piensen que soy un tío superficial.

–Es que lo eres.

–¿Tú crees? No deberías pensar que todo lo que hago tiene la finalidad de satisfacer mis propios deseos.

–¿Ah, no? –inquirió, recordando lo que sabía de él, y se preguntó si su negativa a reconocer a esos niños no significaría para él más de lo que decía.

–Creo que a eso ya he contestado. Ahora me toca a mí –respondió, clavándole su mirada gris y fría.

A diferencia de él, ella no tenía secretos, de modo que no entendía por qué le preocupaba tanto lo que pudiera preguntarle, aparte de que no quería que llegara a conocerla a fondo hasta no estar segura de él. Quería protegerse, a sí misma y a su corazón, pero después de la sinceridad con que él le había respondido, no podía mentir.

Russell se alegraba de que Gail hubiera querido verle aquella mañana. Estaba deseando saber más de ella, pero no lo habría hecho de ese modo. No como ella. Pero gracias a su curiosidad, ahora tenía carta blanca para averiguar lo que quisiera.

Era la primera vez que estaban juntos sin que el tiempo formase parte de un programa de televisión, o de una cita previamente concertada. Su aspecto era profesional y cuidado, pero no se parecía al que llevaba en el programa. Llevaba el cabello recogido, dejando al descubierto un cuello largo y unos pómulos marcados.

No podía dejar de mirarla porque tenía frente a sí a la verdadera Gail. Llevaba un vestido veraniego ceñido a la cintura con un cinturón, muy al estilo de las mujeres de los Hamptons, arreglada pero informal. Era una mujer de éxito, y lucía las galas de ese triunfo con naturalidad. Ninguna otra mujer con la que hubiera salido se arreglaba de esa manera. Resultaba… bueno, sofisticada y sencilla, y no le costaba trabajo verla de su brazo en cenas de negocios, o de anfitriona en sus fiestas.

–¿Qué quieres saber de mí? –preguntó ella, en tono comedido.

No creía que ocultara un esqueleto en el armario, pero sus preguntas fueron de todos modos muy personales e íntimas.

–¿Te gusta que los hombres te seduzcan lentamente?

Gail se sonrojó y negó con la cabeza.

–Debería haberme imaginado que ibas a preguntarme algo de sexo.

–Pues sí. Sabes que me atraes, Gail, y que pretendo tenerte pronto.

–Me gusta que la seducción sea lenta, para tener tiempo de entrar en la disposición necesaria. Nunca he tenido un amante que pudiera ponerme a punto con solo una caricia, o una mirada.

Eso lo iba a cambiar él. Quería ser el hombre que la conociera lo suficiente para poder encontrar sus puntos más sensibles sin esfuerzo, precisamente porque ella ya se lo hacía a él.

–¿Y tú? ¿La has tenido?

La pregunta lo pilló desprevenido. Esperaba que se replegara al pisar terrenos más íntimos, pero Gail aún no había reaccionado del modo que él se imaginaba que haría.

–Cuando era un adolescente, bastaba con que

un chica se tropezase conmigo para que yo me pusiera a tono, pero de adulto, ya con las hormonas bajo control... no. Ninguna mujer ha sido capaz de ponerme a tono con solo una mirada.

–Interesante. ¿Crees que se debe a que tanto tú como yo interponemos barreras para mantener alejados a los demás?

–Seguramente. No pensé que fueras a admitirlo tan fácilmente.

–¿Por qué no? Sé mejor que nadie que no me gusta que los demás se me acerquen demasiado. Siempre he sido así.

–¿A qué crees que es debido?

Gail se encogió de hombros como si desconociera la respuesta, pero en sus ojos vio que sabía bien por qué era así. No quería compartir sus secretos más hondos y oscuros. Los mantenía ocultos por alguna razón.

–Háblame de ello –le pidió él.

–No es algo que quiera compartir en este momento de nuestra relación –respondió, y miró hacia otro lado. Estaba claro que no quería exponerse. Una cosa era indagar en la vida de él, que aparecía día sí y día también en las revistas del corazón, y otra muy distinta hacerlo en la de ella, una chica normal con sus propios temores–. Es demasiado íntimo.

Estuvo a punto de dejar que se saliera con la suya, pero participaba en aquel juego para ganar, y sabía que nunca lo conseguiría si dejaba que fuera ella quien fijara los límites de lo que acabara desarrollándose entre ellos.

–¿Y preguntarme por las demandas de paternidad no te lo parece?

–*Touché*. Me parecía distinto en cierto modo, porque lo tuyo ha aparecido públicamente, ¿sabes?

–Ya. Entiendo que pueda parecerte así, pero sigue siendo personal.

Ella asintió y cambió de postura para quedar frente a él.

–Mis padres se divorciaron cuando yo tenía ocho años, y su separación fue muy traumática para mí. Sé que no debería haberlo sido, pero los dos se echaban la culpa el uno al otro por mi tristeza. Al final acabé aprendiendo a contener mis emociones, y de ahí que haya acabado manteniendo a todo el mundo a distancia.

–¿Y cómo pasaste de lo uno a lo otro?

–Mi padre me daba cuanto quería, y mis amigos lo sabían. Mucha gente empezó a salir conmigo por el interés. Willow y yo somos tan amigas por eso. A ella nunca le importaron las fiestas, o las cosas que pudiera tener. Le gustaba salir conmigo por mí misma.

–De modo que aprendiste pronto a confiar en tu instinto –dedujo él–. Willow es una buena amiga que se ha ganado tu confianza.

–Así es.

–Yo pretendo hacer lo mismo, Gail. No necesito tu dinero, y no voy a utilizar tus sentimientos en tu contra.

Pero nada más decir aquellas palabras sintió una punzada de remordimiento, porque era consciente de que necesitaba que se enamorara de él para poder convencer al público en general de que había cambiado. Gail no era la clase de mujer dispuesta a fingir un enamoramiento que no sentía. Tendría que ganársela, y eso era exactamente lo que pretendía hacer.

Pero se prometió que le daría cuanto quisiera. Tendría lo que deseara, y se preguntó si su padre quizás se dijo lo mismo cuando luchaba a brazo partido con su madre por su cariño.

–¿Por qué me miras así? –quiso saber ella.

–Porque estoy pensando que no quiero ser otra razón más por la que mantener al resto del mundo a raya –respondió–. Quiero ser la razón por la que veas la vida con ojos nuevos. Y no me voy a dar por satisfecho hasta que esté convencido de haberlo logrado.

No tenía intención de hablarle a Russell de sus padres, pero había tenido la sensación de que era importante mantener la balanza equilibrada entre ellos. Tenía el sentido de la justicia muy arraigado en su forma de ser, y no podía darle la espalda.

–No voy a permitir que seas tú una razón más por la que mantener las distancias con la gente –respondió–. Por eso acudí a los servicios de búsqueda de pareja.

–No por eso vas a tener garantías.

–¿Estás intentando decirme que me estás utilizando? Creo que se te da muy bien leer lo que quieren las personas.

–No, no te estoy utilizando. Soy capaz de leer las intenciones de un hombre cuando lo tengo sentado frente a mí en una mesa de juego, o en el consejo de administración de una empresa, pero solo soy capaz de ver si me oculta algo. Con las mujeres es distinto. Sois… impredecibles.

Gail lo miró ladeando la cabeza.

–Solo un hombre diría eso.

–Cierto. Las mujeres creéis que sois muy fáciles de entender.

–Bueno… sabemos que somos complicadas –admitió con una sonrisa–, pero pensamos que los hombres deben ser conscientes de ello y no tener miedo de enfrentarse a ese desafío.

–Haré lo que pueda. ¿Tienes más preguntas?

–¿Has sabido algo más de Penny?

La actriz se había mantenido en silencio desde el encuentro de aquel día entre ellos, pero dado que formaba parte del pasado de Russell, no quería pasarla por alto.

–Aún no, pero no tienes de qué preocuparte. Es el pasado. Y tú, Gail, eres mi futuro.

Sintió la sacudida de una emoción. Nunca le habían dicho algo parecido, y aunque sospechaba que lo decía para hacerle creer que podían llegar a ser pareja, deseaba creerlo. Quería tener al lado un hombre que le dijera lo correcto y que supiera encandilarla con sus palabras. A Russell se le daba de maravilla.

–Bueno, espero que ella también lo sepa –dijo.

–Lo sabe. Levántate un momento.

–¿Por qué?

–Porque algo que has dicho antes me ronda por la cabeza.

–¿Qué?

Russell hacía que se sintiera… que se sintiera más viva y, curiosamente, más insegura que nunca.

–Levántate y te lo digo –contestó él, tendiéndole una mano.

Ella la aceptó y se dejó levantar, y él la condujo a una esquina del despacho en la que había un espejo enmarcado sobre una cómoda antigua. Se puso detrás de ella y Gail se dio cuenta de que no era su pareja ideal. Mientras Penny parecía una Barbie perfecta para Ken, ella... ella parecía la prima genérica de Barbie.

Iba a darse la vuelta cuando Russell la rodeó con los brazos desde detrás. Le gustaba la sensación de sentirse abrazada por él. Apoyó la cabeza en su pecho y se volvió a mirarlo.

–Mira al espejo, Gail –le pidió él.

–No quiero.

–¿Por qué no? –preguntó, poniendo una mano en su mejilla para tocar la línea de su mandíbula y acariciarle después el cuello y el hombro.

–Porque no hacemos buena pareja –respondió.

–Esa es la cuestión –corroboró Russell, y la besó con tanta suavidad que Gail se preguntó si no sería cosa de su imaginación–. Vuelve a mirar y dime qué ves –la animó con un tono tan complaciente que sintió la tentación de hacerlo.

Tragó saliva y se volvió. Le gustó ver brillar la sinceridad en sus ojos al mirarla, y se preguntó cómo podía haberle calificado de superficial cuando tenía más sustancia que muchos de los hombres que había conocido. Tenía que suponerle un gran esfuerzo mantener esa fachada.

–Fíjate. Estamos perfectos juntos. No dejo de pensar en cómo nos sentiremos cuando hagamos el amor. Con ver cómo me siento abrazándote...

–Quedamos bien. No eres demasiado alto, y cuando te besé, tu boca... sabías bien.

Russell sonrió en el espejo y Gail dejó de sentirse incómoda.

–Tienes unos ojos que parecen lagos de chocolate. Me perdería encantado en ellos.

–¿Aun con gafas?

–Especialmente con ellas –contestó. Acto seguido se las quitó para rozarle la nariz, llegar a su boca y recorrer los labios antes de volver a ponérselas–. Cuando te miro, veo a la mujer más hermosa del mundo. La única a la que quiero y necesito a mi lado. Sé que estamos empezando, pero ya siento como si me pertenecieras.

Gail no tuvo respuesta para sus palabras, aunque hubiera deseado tenerla. Volvió a contemplar la imagen que el espejo les devolvía y sintió que le quitaba las horquillas con que se había recogido el pelo hasta que lo dejó caer suelto a su espalda.

–Precioso. ¿Por qué no lo llevas siempre así? Tienes una belleza natural por la que otras mujeres matarían.

Ella movió la cabeza y sintió el delicado peso de su melena. Quería creerle, pero se pasaba la vida en un mundo de pelo liso en el que aquella enloquecida masa de rizos no encajaba.

–Tengo el pelo muy rizado, pero me alegro de que te guste.

–¿Por qué no estás dispuesta a creerme cuando te digo que eres guapa? –protestó, pinchándole en un costado con el dedo–. Tienes que quitarte esa imagen negativa de ti misma que tienes en la cabeza. Eres preciosa, Gail, y voy a conseguir que te lo creas.

–Yo… espero que puedas conseguirlo, Russell, pero te va a costar –respondió.

Toda su vida se había considerado demasiado alta, con el pelo demasiado rizado y demasiado oscuro como para encajar en la clasificación general de chicas guapas. Daba igual que hubiera sobresalido en su profesión: en su interior tenía un espejo que siempre le decía que no llegaría jamás a conseguirlo.

Russell le hizo darse la vuelta y tomó su cara entre las manos.

–No voy a estar satisfecho hasta que te veas tal y como yo te veo.

No pudo seguir pensando porque la besó en la boca, y no como las primeras veces, con un beso inseguro y casi de prueba, sino con el beso de un amante decidido a tener a su mujer. Y tuvo que rendirse. Lo necesitaba. Lo deseaba.

Su piel parecía estar electrificada y sintió sus senos más llenos, lo que le empujó a acercarse a él y a rozarse con su pecho. Russell deslizó las manos por su espalda y la apretó contra su cuerpo.

Gail se olvidó hasta de respirar, perdida en un torbellino de sensaciones que partía del cuerpo de Russell y de su boca. Sabía que aquello era peligroso porque estaba permitiendo que descubriera grietas en el muro que tan cuidadosamente había construido a su alrededor para protegerse, pero no pudo impedirlo. Era más de lo que había esperado encontrar en un hombre de carne y hueso, y sintió que empezaba la rendición.

Capítulo Seis

No quería dejar de besar a Gail. Sabía que con ella se sentía más cómodo siendo sincero. Daba igual que necesitara de su ayuda para alcanzar algunos objetivos profesionales. Aunque todo eso no existiera, seguiría deseándola. Tenía una cintura que podía abarcar con las manos para acoplarla aún mejor contra su cuerpo, y sintió sus pechos llenos aplastarse contra el suyo al alzarla para sentarla sobre el aparador. No se despegó ni un instante de sus labios.

Colocó una pierna entre las de ella y la sintió moverse para adaptarse a él; Russell hizo lo mismo cuando ella le acarició arriba y abajo la espalda, atrayéndolo hacia sí. La sangre le ardió en las venas y en un instante estuvo preparado para ella.

Con manos livianas pero seguras, Gail le agarró por las nalgas para acercarlo todavía más, y él le alzó la falda hasta los muslos, que sintió tonificados y firmes.

Alguien llamó a la puerta y Russell se separó de su boca. Ella también se había sobresaltado y tenía los ojos muy abiertos, pero la dilatación de sus pupilas y la inflamación de sus labios se debían al asalto de la pasión.

–¿Quién es? –gruñó él.

–Dylan te necesita en el vestíbulo, Russell –se oyó la voz de Mitsy, su asistente.

–Maldita sea –murmuró entre dientes, pero se separó del aparador y bajó a Gail de él. No quería irse–. Enseguida voy.

–Vaya… nos hemos descontrolado un poco –dijo ella, y se echó mano al pelo para volver a recogérselo en un moño. Seguía teniendo los labios enrojecidos y las pupilas dilatadas de pasión.

–Déjate el pelo suelto. Es increíble –le sugirió.

Gail asintió y se lo dejó caer sobre los hombros. Tenía unos rizos suaves y marcados, y la abrazó de nuevo antes de darse cuenta de que no podía ni besarla, ni permanecer allí. Lo estaban esperando en el vestíbulo.

–¿Cenas conmigo esta noche? –le preguntó–. No puedo esperar para volver a verte.

–Tengo entradas para ver un partido de baloncesto. ¿Quieres venir?

El baloncesto no era lo suyo, pero Gail sí, así que estaba dispuesto a sacrificarse. De hecho, recordó que la corporación tenía una tribuna en el Madison Square Garden.

–Sí. Te recojo.

–Bien –contestó Gail–. Yo… no era mi intención que pasara esto. No pretendía que me besaras así.

Él se echó a reír.

–Pues yo sí.

–Me lo imagino. Me has hecho olvidarme de todo lo que quería decirte.

–Me alegro, porque hablas mucho –replicó él. Pero le gustaba. No era de esas personas que se encierran en un silencio hosco, sino que decía lo que pensaba. Para él era una experiencia diferente.

–¿Demasiado? –preguntó, juguetona.

–En absoluto –le aseguró.

Salieron del despacho y pasaron de largo junto a su asistente, y por primera vez fuera del mundo empresarial, sintió paz. Desde el momento mismo en que la vio por primera vez, supo que Gail era distinta, pero ahora acababa de empezar a darse cuenta de hasta qué punto.

–Te acompaño.

–Puedo ir sola.

–No me cabe duda, pero me gusta hacer cosas por ti, Gail.

–Pero tienes que ocuparte de tu negocio.

–Está bien. Ya me dirás a qué hora te recojo esta noche –añadió, y justo entonces se dio cuenta de que aquella noche daba una cena para los de Family Vacation Destination–. ¡Demonios! Acabo de acordarme de que tengo un evento VIP esta noche. ¡No puedo ir al partido!

–Ahora me acuerdo que lo mencionaste antes –recordó ella con una sonrisa tímida–. En tu despacho se me ha olvidado todo.

–A mí también. Solo podía pensar en ti. Te me subes a la cabeza.

–Y tú a mí.

–¿Qué te parece si me paso a tomar una copa cuando haya terminado?

Ojalá dijera que sí, pero le parecía poco probable.

–De acuerdo. Avísame cuanto estés listo.

Era increíble lo buena que había resultado ser al final la idea de ir a verlo. Cada vez le gustaba más estar con él. Pero todo cambió al salir de la zona reservada y ver quién esperaba a Russell en el vestíbulo: era Penny Thomson. Verla sirvió para recordarle que el hombre que creía que estaba siendo sincero con ella tenía a sus espaldas una amplísima experiencia con el sexo opuesto, y sin duda habría aprendido algunos trucos.

–Tenemos que hablar –dijo Penny en cuanto le vio aparecer. Russell apretó con fuerza el brazo de Gail.

–Enseguida. Gail, ¿quedamos como hemos dicho?

–No te conviene hacerme esperar, Russ. Traigo noticias, y estoy cansada de que andes jugando conmigo –amenazó Penny.

A Gail no le gustó el modo en que le hablaba, pero no iba a intervenir.

–Llámame luego.

–De acuerdo.

Gail se alejó cuando en realidad lo que quería era quedarse y ver qué estaba pasando y cómo manejaba Russell a su exnovia. Teniendo en cuenta lo que le había contado y su historial con las mujeres, la situación iba a convertirse en una pesadilla para cualquier Relaciones Públicas, una pesadilla a la que iba a verse arrastrada, lo quisiera o no.

Paró un taxi sin dejar de darle vueltas en la cabeza a lo ocurrido. La tranquila y reveladora conversación que habían tenido. El beso con el que le había hecho desear que todo lo que le había contado fuera cierto. Y de pronto, aparecía su antigua novia. Tenía la sensación de que, desde que había firmado con Matchmakers Inc., todo escapaba a su control.

El viaje hasta su oficina se le hizo más largo que nunca. Lo del servicio de búsqueda de pareja no iba a funcionar, a pesar de desear tanto tener una familia. Quizás, con un poco de suerte, Willow y Nichole tuvieran hijos algún día, de los que ella sería tía y a los que podría mimar y malcriar.

El taxi se detuvo delante de su edificio, pagó y bajó. Era muy triste tener que renunciar a su sueño, pero sabía bien que no debía insistir en pretender algo que era una causa perdida, aun siendo consciente como era de que estaba renunciando no solo a su sueño de una familia, sino a Russell.

Russell había dejado ya atrás a Penny, pero sabía que tampoco podía continuar apartándola. En cuanto estuvieron fuera de la mirada de los demás, la agarró por la muñeca y la obligó a detenerse.

—No vuelvas a hablarle así a Gail —le advirtió. Había soportado su mal comportamiento muchas veces, pero no estaba dispuesto a permitir que interfiriera en lo que tenía con Gail.

—¿Se llama así? —preguntó Penny, apartándose la melena rubia—. Parece una buena chica, Russell. No el tipo de mujeres que te suelen gustar.

—Has acertado —contestó él.

—A lo mejor debería advertirle sobre la clase de hombre que eres. Cómo utilizas lo que una mujer tiene que ofrecerte para luego tirarla a la basura y seguir adelante.

—Yo no te he utilizado. Fuiste tú quien me dejó, ¿recuerdas? Fuiste tú quien quiso buscarse a alguien más Hollywood.

—Palabrería. Tú ya estabas dispuesto a pasar página. Lo que pasa es que yo lo dije antes.

Eso era cierto, pero nunca la habría dejado colgada. Era una chica divertida y hasta entonces, le había gustado mucho.

–¿Qué pasa, Penny?

–Ya te lo he dicho: que estoy embarazada. El niño es tuyo, y vas a tener que cumplir conmigo.

–¿Has pedido la prueba de paternidad? –le preguntó. Sabía que los resultados revelarían que él no podía ser el padre porque era estéril, algo que ella no podía saber y que él había mantenido en secreto.

–No. En cuanto me someta a la prueba, sabes que aparecerá en las noticias. Deberíamos mantenerlo en secreto entre tú y yo –respondió, mirándole con sus ojazos azules–. Vamos, cariño, haz lo que tienes que hacer.

–Si eres sincera conmigo, haré cuanto pueda para ayudarte.

No mentía. Estaba dispuesto a ayudarla.

La indecisión apareció en el rostro de Penny, y por un momento creyó que iba a conseguir que se sincerara, pero no fue así:

–Estoy diciéndote la verdad. Tú eres quien tiene algo que ocultar.

–¿Ocultar? ¿El qué? Yo no escondo nada.

Por mucho que detestara la idea de tener que someterse a otra prueba de paternidad, no iba a consentir que Penny lo chantajeara.

–Gail se llama, ¿no? Pues a Gail no creo que le haga gracia tener una relación con un hombre que lleva a sus espaldas el drama que llevas tú.

–Yo no llevo tal cosa. Solo eres una antigua novia a la que le está costando un poco asimilar que lo nuestro se ha acabado.

–Russ, si me das el dinero que necesito, desapareceré.

¿Qué le estaría ocurriendo? Lo averiguaría.

–¿Necesitas dinero?

–No importa –replicó, y bajó la mirada–. No puedo hablar contigo cuando te pones así. Esta noche tengo que estar en el programa de Jimmy Fallon… si no sé nada de ti antes de esa hora, daré la noticia del embarazo.

–Penny, ese niño no es mío.

–Yo no lo veo así. Y el mundo me creerá a mí, Russ. Ya sabes dónde encontrarme.

Y se marchó.

Russell estrelló un puño contra la pared. No iba a dejar que lo manipulase de ese modo. Pero la conocía lo suficiente para saber que no se trataba de un farol. Si estaba decidida a anunciar públicamente que estaba embarazada y que él era el padre de su hijo, lo haría.

Tampoco iba a conseguir mantener al margen a Gail. De pronto los VIP que aquella noche llegarían al hotel, perdieron toda su importancia. Necesitaba ocuparse de su vida personal, y tenía que ser ya.

Sabía que Gail iba al partido de baloncesto, y llamó al conserje para preguntarle a qué hora empezaba. Luego pidió a su asistente que fuera al despacho.

–Que venga Dylan. Cancela mis citas de la tarde e intenta que Gail Little vuelva aquí. Yo voy a estar al teléfono –le dijo.

–Sí, señor.

Mitsy se sentó a la mesa en la que tenía dos ordenadores y más aparatos de los que la mayoría de la gente sabría manejar. Ella era el núcleo de aquel conglomerado internacional y acompañaba a Russell donde quiera que viajase. No tenía vida aparte del trabajo, y admitía desenfadadamente que era feliz así.

Russell se enfrentó a aquel último problema con la misma calma que empleaba para enfrentarse a una adversidad de cualquier género. No estaba dispuesto a permitir que Penny tirase por la borda sus planes de futuro para sus Kiwi Klubs, o con Gail. Cuando Dylan llegó, hablaron de la velada con los VIP y de lo que tenía que hacer. Luego llamó a su relaciones públicas, pero sabía que necesitaría tener a Gail a su lado.

Cuando salía ya para el partido, el conserje le dio la información relativa a la tribuna a nombre del Kiwi Klub. Mitsy no había conseguido ponerse en contacto con Gail, así que no le quedaría más remedio que intentar encontrarla durante el partido en el Madison Square Garden. No iba a ser fácil, pero tenía un contacto en el estadio y pagó para que emitieran un mensaje por megafonía. No le sorprendió oír su móvil un momento después. Era Gail.

–¿Querías que te llamase?

–Sí. ¿Puedes venir a mi tribuna? Tengo que hablar contigo y no podía esperar.

No era aquel el modo en que solía hacer las cosas, pero no le quedaba otra opción. Lo último que quería era que Gail se enterara de lo que Penny iba a anunciar por la televisión.

–Yo… creía que no ibas a poder venir.

–Las circunstancias han cambiado. Por favor, sube –imploró, utilizando su tono de voz más persuasivo.

–Voy para allá –creyó entender que decía, porque era difícil escucharla con tanta gente alrededor–. ¿Ocurre algo?

No quería hablar de Penny por teléfono, pero tampoco quería mentir.

–No creo que sea grave, pero necesito hablar de ello contigo en persona.

–Umm… vaya. No es lo que esperaba. Ya he llegado al ascensor. Enseguida estoy ahí. Espero que me dejes ver el partido.

–Gracias por venir. Y siento decírtelo, pero igual te lo estropeo.

–No pasa nada. Lo menos que puedo hacer es escuchar lo que tengas que decir después de que tú has contestado esta tarde a todas mis preguntas. Lo del partido era una broma.

Y cortó la llamada.

Russell miró a su alrededor. Aquella tribuna cerrada estaba totalmente equipada de acuerdo con sus especificaciones. Su whisky favorito estaba en el bar, y fue a servirse una copa.

La puerta se abrió y miró por encima del hombro a Gail, que llegaba vestida con vaqueros ajustados y una sudadera de los Knicks. Llevaba el pelo recogido en una coleta. La encontraba deliciosa.

Aquel momento le hizo darse cuenta de que no quería que se le escapara, y supo sin dudar que los problemas con Penny ponían en peligro su futuro con Gail.

Nada más verlo supo que había un problema. Tenía la misma mirada que sus clientes más famosos cuando les habían pillado haciendo algo que no debían. Dejó a un lado el pensamiento de que estaba allí por un hombre con el que estaba saliendo y pensó que debía de necesitar su ayuda profesional.

–¿Qué pasa? –preguntó, intentando no preocuparse, aunque la última vez que lo había visto, su exnovia estaba con él y no parecía precisamente una visita de cortesía.

–Antes déjame que te sirva algo de beber –dijo él, y sacó una copa de cristal.

–¿Voy a necesitarlo? –preguntó, medio en broma, medio en serio. Russell estaba serio. Ni rastro del amante juguetón con el que había estado en el despacho, y se preguntó de qué naturaleza sería el problema.

–No lo creo. ¿Qué quieres tomar?

–Perrier sin hielo, con un toque de lima.

Le observó atentamente mientras le preparaba la bebida.

–Cuéntame qué pasa.

Russell le llevó la copa e hizo un gesto para invitarla a sentarse en un sofá de piel que miraba al campo. Se sentó y esperó a que él hiciera lo mismo.

–Ya te conté que Penny se estaba poniendo un poco dramática con lo de nuestra ruptura, y esta noche pretende escalar un peldaño más.

–No sé por qué iba a preocuparme eso a mí. Solo hemos salido una vez, y sé que te he preguntado por ella, pero a mí no me importa que…

–Va a asistir a un programa de televisión esta noche y va a anunciar que está embarazada y que yo soy el padre.

–Vaya. ¿Y es cierto?

Lo sabía. ¿Acaso no había tenido ya esa sensación de que las cosas no iban a salir como ella quería?

–No, no lo es. Solo quería que te enteraras por mí y no por las noticias.

–Gracias –dijo, y tomó un sorbo de Perrier. Era refrescante, pero en aquel momento no había nada que pudiera calmar la efervescencia de su cabeza. Quería saber más, pedirle a Russell que le explicara por qué Penny iba a contarle al mundo algo que no era verdad. Pero también sabía que aquella era la excusa que había estado esperando para alejarse de él. Para volver a recluirse en su mundo particular y seguro.

–¿Qué piensas hacer para contrarrestar ese anuncio?

¿Por qué estaría tan seguro de no ser el padre? Tendría que preguntárselo.

–Nada. Lo último que quiero es tirarme al barro con ella. No tengo por qué defenderme ante el público.

–No me parece buena idea. Creo que deberíamos llamar a Willow y contárselo. Querrá utilizar la controversia para hacer publicidad del programa.

Y así, sin más, Russell pasó de ser una posible pareja a un cliente. Ella sabía bien cómo manejar el problema, y podía seguir saliendo con él para el programa sin dejar que se le acercara demasiado.

–De verdad que prefiero no hacer nada.

–No te va a quedar más remedio. Dijiste que habías acudido al servicio de búsqueda de pareja porque querías iniciar otra fase de tu vida, y eso no vas a poder hacerlo teniendo a Penny gritando a los cuatro vientos que eres un cerdo.

También pensaba en sí misma y en el programa. Aquello podía afectarles a todos, y no podían ignorarlo.

Russell apuró lo que le quedaba de whisky y se frotó la nuca.

—No quiero que esto nos afecte a ti y a mí.

—Es demasiado tarde. Ya lo ha hecho. Si quieres que te diga la verdad, me imaginé que podía tratarse de algo así cuando vi aparecer a Penny.

Estaba tomando notas mentales de lo que debía hacerse.

—Puedo intentar conseguirte un espacio en un programa de la mañana, pero tengo que ponerme a ello ahora mismo. ¿Has trabajado con alguna firma de relaciones públicas?

—No. ¿Por qué?

—Tenemos que preparar un borrador y enviarlo como nota de prensa. Creo que lo mejor sería redactar un mensaje contundente. ¿Qué podría ser?

—Que Penny miente.

Gail se echó a reír. Muchos de sus clientes tenían aquella misma reacción ante noticias que no les gustaban. Pretendían decir simplemente que era mentira y no volver a hablar nunca de ello, pero esa clase de silencio solo servía para alimentar los rumores en los medios.

—Eso no funciona. A lo mejor podríamos decir que, cuando tu relación con Penny terminó, los dos estuvisteis de acuerdo en que cada uno siguiera su camino, pero que ella quería continuar y que... No, eso no. Creo que deberías decir que...

–Diré lo que quieras, pero no quiero que esto nos afecte a nosotros, Gail. Eres importante para mí.

Lo sabía. No habría cruzado a todo correr la ciudad para hablar con ella si no le importara. Pero ella consideraba que era la ocasión perfecta para abandonar. Albergaba dudas sobre Russell desde el principio, y utilizar aquel suceso como excusa le permitiría protegerse.

–No podemos continuar como si no hubiera ocurrido nada –respondió–. Tenemos que seguir en el programa porque con ello contribuiremos a mantener la imagen de una relación verdadera y mostraremos una cara más amable de ti, pero eso es todo.

–¿Eso es todo? –repitió Russell, acercándose a ella–. ¿Qué quieres decir con que eso es todo? No me estarás diciendo que hemos terminado.

–Así es.

–No. Eso no va a ocurrir. No vamos a fingir que salimos, sino que vamos a salir de verdad. Y yo me ocuparé del problema de Penny igual que he hecho antes. Siento que hayas pensado que te llamaba para que hicieras un trabajo profesional, pero lo que de verdad quería era estar con la mujer en la que no puedo dejar de pensar.

–¿Ah, sí? –preguntó ella, mirándole con una dureza que habría echado atrás a un hombre menos decidido.

–Sí. Detesto que algo de mi pasado pueda llegar a herirte, y quería que oyeras de mis labios que nada de lo que dice es cierto.

Gail lo contempló, dividida entre lo que pensaba con la cabeza y lo que deseaba con el corazón. Era duro, porque Russell le gustaba. Ya no era un playboy de revista del corazón, sino un hombre real para ella. Quería creerle, pero tenía miedo.

Seguiría teniéndolo en su vida si seguían adelante con el programa. Tendría que andarse con cuidado con los sentimientos, pero no iba a permitir que se alejara para siempre. Lo necesitaba.

Le gustaba cómo le hacía sentirse, y había visto a una mujer distinta en el espejo aquella tarde, cuando se arreglaba. Estaba empezando a verse a través de los ojos de Russell.

—Está bien. Haré lo que pueda. Pero creo que te va a resultar muy difícil manejar esta situación sin emitir un comunicado de prensa.

—De acuerdo. Haré lo que tú me sugieras, siempre y cuando sigas prestándoles a nuestras citas toda tu devoción.

—Lo haré. ¿Y tú?

—Por supuesto. Desde ahora mismo. Gracias a Penny, vamos a cenar juntos y a ver el partido.

—¿Ah, sí?

—Sí. El chef de mi restaurante nos ha preparado la cena, y el personal de aquí nos la servirá en el intermedio del primer cuarto.

Ella asintió. Era consciente de que Russell no la necesitaba para manejar aquella crisis, y aun así, la estaba agasajando. ¿Qué se traería entre manos?

Capítulo Siete

Los tres días siguientes transcurrieron para Russell a distancia de Gail por decisión de ella. Le envió la información para los comunicados de prensa que su firma sugirió que utilizase. Y añadió algunas recomendaciones para que acudiera a determinados programas de televisión, pero personalmente se mantuvo a distancia. ¿Y quién podría culparla por querer mantenerse alejada del terremoto que provocó el anuncio de Penny en la televisión?

Incluso Willow y Conner hicieron un aparte con él para asegurarse de su continuidad en el programa. Él mismo pidió a su equipo de abogados que investigaran a Penny e intentaran encontrar el modo de evitar que siguiera haciendo público cuanto le diera la gana.

Los miembros de la junta directiva tampoco estaban contentos con todo aquello, y Family Vacation Destination decidió rechazar la oferta que les había hecho por sus complejos turísticos. Estaba claro que su plan de añadir el lanzamiento de una nueva cadena de Kiwi Family Klubs a sus otros clubs no estaba funcionando, así que convocó una reunión con Dylan en su despacho y se pasaron todo el día intentando encontrar el modo de soslayar el daño que Penny le había hecho al negocio diciéndole a todo el mundo que era el peor de los padres.

No se permitió estar dándole vueltas al problema con Gail. Aquella tarde grababan de nuevo y tenía la sensación de que, una vez estuvieran a solas, podría convencerla de olvidar sus aprensiones.

–La junta recobrará la calma en cuanto vea los beneficios del trimestre, pero tenemos que conseguir que los dueños de Family Vacation Destination vengan aquí. Tenemos que enseñarles las mejoras que hemos hecho en este complejo para adaptarlo a las vacaciones en familia.

–Estoy en ello, jefe –contestó Dylan–. Las zonas para niños están listas, esperando que usted las vea. Una vez nos dé su aprobación en los eventos y el presupuesto, estamos listos para implementar el plan.

–Bien. Asegúrate de que Mitsy incluye eso en mi agenda de esta semana. ¿Algo más de lo que deba ocuparme ahora mismo?

–Creo que eso es todo. ¿Estará operativo su teléfono esta tarde?

–Tengo la segunda cita del programa, así que no podrás contactar conmigo durante unas cuantas horas. Te llamaré cuando pueda.

–¿Dónde va a estar?

–En el Montauk Yacht Club.

–Suena bien. Yo me ocupo de todo aquí. He aprendido mucho en estas últimas semanas.

–Sé que puedes hacerlo. Eres un buen asistente.

–Me alegro de que se haya dado cuenta. Pienso pedirle un aumento de sueldo en nuestra próxima entrevista personal –Dylan se rio.

–Si consigues que los de Family Vacation Destination vuelvan al buen camino, te daré un sustancioso incentivo.

–Ya estaba motivado, pero ahora no fallaré –dijo Dylan.

Era fácil tratar con Dylan porque se trataba de un joven ambicioso que quería ascender en la empresa y que no conocía la palabra «no». En el fondo Russell sabía que acabaría quemándose, pero por el momento todo era tal y como él lo necesitaba.

–Lo sé. Gracias, Dylan.

–No hay problema, jefe –dijo cuando ya había recogido los papeles e iba a salir del despacho.

Russell se recostó en su sillón y miró al espejo que colgaba sobre el aparador, el mismo en el que se había mirado con Gail. En aquel momento detestó la interrupción, pero, si hubiera sabido entonces que iba a interponer tantas barreras entre ellos, se habría asegurado como que hay Dios de que se quedara en sus brazos.

Se cambió de ropa para la tarde de navegación que le esperaba. Había dispuesto que el helicóptero lo llevase al helipuerto de los Hamptons y había invitado a Gail. Ella había aceptado, lo que él interpretó como una buena señal.

Le estaba esperando ya en la azotea del Big Apple Kiwi Klub cuando llegó. Llevaba unas bermudas, una camisa sin mangas abierta en el cuello, gafas de sol de diseño y el pelo suelto.

Cómo la deseaba. Estaba cansado de esperar a que la situación fuera la adecuada. No era habitual para él tener que esperar. Hasta la fecha había intentado hacer cuanto estaba a su alcance por complacerla, y tenía la impresión de que no lo había conseguido. Pero ahora más que nunca, necesitaba controlar la situación, y a ella, e iba a ser la única clase de hombre que podía ser cuando estuviera con ella. Estaba harto de interpretar un papel.

Gail se volvió y le dedicó esa sonrisa medio de pega que le estaba dedicando desde que se enteró de lo de Penny.

–Ah… hola, Russell.

–Hola, Gail. Estás preciosa hoy.

–Gracias –contestó ella quitándose las gafas y poniéndoselas en lo alto de la cabeza. Debía de llevar lentes de contacto por cómo pestañeaba para poder verlo.

–Tú también tienes buen aspecto, pero pareces un poco cansado. ¿Qué tal te va con los medios?

–Bien. Es un poco agobiante, y preferiría estar trabajando que enviando comunicados de prensa, pero he seguido tu consejo.

Lo cierto era que su intervención había sido como un regalo del cielo, y, sin que él se lo pidiera, ella había actuado como intermediaria entre la firma de relaciones públicas y él, lo cual le había dado la libertad de seguir ocupándose de sus asuntos. Le había hecho darse cuenta de hasta qué punto podrían estar bien juntos.

–Es lo que debes hacer. Soy buena en mi trabajo.

–Me gustaría que dejaras de tratarme como a un cliente.

–En este momento, no puedo hacer otra cosa. Quiero que puedas pasar página y dejar esto atrás, y luego tú y yo tendremos una estupenda amistad con la que podremos trabajar.

–Tonterías.

–¿Qué?

–Tú no quieres seguir adelante. Tú pretendes apartarme para que no verte en la necesidad de revelar ninguna debilidad más. Pero tengo una noticia que darte: los dos acudimos a este servicio de búsqueda de pareja por alguna razón, y eso no ha cambiado. Yo soy el hombre que a ellos les pareció adecuado para ti, y a pesar de los problemas a los que me estoy viendo obligado a enfrentarme, creo que sigo siéndolo.

Gail sonrió, y fue la primera sonrisa auténtica que le había visto durante días. Menos mal que aún reaccionaba ante él cuando se lo proponía. La deseaba. No quería pensar en los problemas del trabajo, sino centrarse en esas piernas largas y bronceadas suyas.

–Dices eso porque tienes un ego que no te cabe en el cuerpo.

–Solo hago recuento de los hechos –replicó, pasándole un brazo por los hombros. Encajaba a la perfección con él, y se dio cuenta de que no iba a poder esperar mucho tiempo más antes de tenerla. Deseaba experimentar sus caricias, y no iba a sentirse satisfecho hasta haberlas disfrutado todas.

El piloto del helicóptero llegó y enseguida tomaron el camino de los Hamptons. No hablaron, pero Russell no dejó que eso le afectara, ya que fueron de la mano todo el tiempo. Sabía que tendría que ser el hombre claro y osado que era siempre si quería tener la oportunidad de conseguir que se enamorara de él. La debilidad, o dejar que fuera ella quien marcara el paso de la situación, no iba a ayudarle a lograr lo que quería.

Y, aunque en el fondo quería pensar que solo pretendía que Gail lo ayudara a mejorar su reputación, tenía que reconocer que quería conseguirla a ella.

Y le gustaba la sensación de tener su delicada mano entre las suyas.

El equipo de televisión ya los estaba esperando cuando llegaron al Montauk Yacht Club, que había sido elegida como una de las mejores marinas de toda Norteamérica, y su aspecto era el de un enclave para ricos y famosos, que es lo que era en realidad.

Gail se tranquilizó en cuanto vio a Willow. Su amiga estaba dando instrucciones al equipo, y Russell se hizo a un lado para atender una llamada, con lo que se quedó sola.

Había intentado que su relación se ciñera estrictamente al trabajo, pero no había pasado una sola noche sin que soñara con él. Nunca un hombre la había hecho sentirse así. La semana que había pasado desde su primer encuentro la había tenido muy ocupada, pero por debajo de todos los demás asuntos estaba Russell y el deseo de volver a estar en sus brazos.

Kat, la ayudante de producción, fue a buscarla, y tras pasar un rato en peluquería y maquillaje, Gail se dio cuenta de que aquel encuentro no iba a ser íntimo. Los colocaron en la cubierta para filmar. El barco era un Oceanfast 48 de cuatro cubiertas. Había una tripulación de diez personas, y la embarcación podía navegar a dieciséis nudos. No tenía ni idea de si esa velocidad era mucha o poca, pero como el capitán lo mencionó, se imaginó que debía de ser mucha.

–Kat –la llamó cuando terminaron de ajustarle el micrófono.

–¿Sí?

–Umm… ¿te importaría tomarnos una foto a Russell y a mí con mi teléfono cuando él esté listo?

Quería tener algo íntimo de los dos, que nadie más pudiera ver. Que no formara parte de un programa de televisión o de un paquete promocional.

–Claro –contestó la joven con una sonrisa–. Hacéis una pareja preciosa.

Russell llegó un par de minutos más tarde y se sentó junto a ella, y durante un segundo Gail sintió que la imagen mental que tenía de la familia se hacía realidad.

–¿Te importa que Kat nos haga una foto? –le preguntó a Russell.

–En absoluto –contestó, pasándole el brazo por los hombros. Cuando Kat les hizo la foto, intentó soltarse de él, pero Russell no se separó de ella.

–¿Por qué has querido que nos la hiciera? –le preguntó cuando Kat se hubo alejado. Los de sonido estaban haciendo una prueba, pero nadie les prestaba demasiada atención.

–Quería poder recordar este momento.

Antes de que él pudiera contestar, el equipo de producción comenzó a revolotear en torno a ellos para prepararlos. Les dijeron dónde y cómo sentarse, y dónde debían mirar.

–Vamos a filmaros charlando entre vosotros. Luego os quitaremos los micros y podréis seguir con vuestra cita. A la vuelta, haremos que nos contéis vuestras impresiones individualmente. ¿Alguna pregunta?

–¿Dónde está Jack?

–En Los Ángeles, grabando otro de sus programas. Haremos que habléis con él gracias a la magia de la edición –contestó Willow.

Gail estaba empezando a tener la sensación de que las citas eran casi de mentira. Menos mal que los productores, y no solo Willow, habían accedido a dejarles cierta intimidad. Era difícil conocer a alguien teniendo las cámaras delante y viéndose obligados a tener cuidado con lo que decían.

Se preguntó si todas las citas concertadas a través de una empresa serían así: encuentros preparados sobre los que después se hablaba con el que los organizaba. Nunca lo sabría. Aquella experiencia con Russell la había convencido de que, en caso de que saliera mal, volvería a su vida normal.

Se colocó en la posición que le habían indicado, pero, cuando las cámaras empezaron a grabar, no se le ocurrió nada que decir. Russell la observaba, y ella se mordió el labio inferior.

¿Debería hablar de la atención de los medios sobre su persona, o de cómo había conseguido un nuevo cliente de primera fila? ¿Tendría que contar las veces que se habían visto desde su última cita oficial para el programa? Debería haberse tomado un momento para hablar con Willow, en lugar de quedarse mirando a Russell y babeando.

–Hace un día precioso –dijo al fin.

–Sí, es cierto. ¿Creciste cerca del mar?

–No. Soy de Texas, de cerca de Dallas. Había algunos lagos cerca, eso sí.

–No tienes acento texano.

–Solo cuando estoy allí –admitió ella, riéndose–. No tardé en darme cuenta de que, si tenía que ganarme la vida hablando con la gente, iba a necesitar que me entendieran.

–Bien pensado. Cuando llegué a este país, me di cuenta de que mi acento era una novedad, pero que necesitaba conocer las expresiones del inglés de Estados Unidos si quería tener éxito.

–Exacto. Hablamos el mismo idioma, pero a veces no nos entendemos.

–Más o menos como pasa entre los hombres y las mujeres.

–Cierto – Gail sonrió–. ¿Has tenido alguna vez ese problema?

–La verdad es que he aprendido a relajarme y dejar que sean las mujeres las que hablen. Sé por experiencia que no me meto en tantos líos si mantengo la boca cerrada.

Gail no pudo por menos que echarse a reír. Casi se había olvidado de que los estaban grabando. Russell tenía un modo especial de acaparar toda su atención y hacerle olvidar todo lo demás.

–Pues conmigo no has sido precisamente callado.

–Contigo estoy probando una táctica distinta.

–¿Por qué?

–Porque tú tienes demasiado carácter, y, si dejo que te salgas siempre con la tuya, estaré perdido.

Ella movió la cabeza. Sabía que le estaba tomando el pelo. Y le gustaba. Le gustaba ver sus grandes ojos brillar cuando intentaba provocarla.

–Con esa cabezota que tienes, nunca te perderías.

Su comentario le provocó una carcajada, y el director gritó:

–¡Corten!

Los separaron para quitarles los micrófonos y, acto seguido, el equipo desapareció. Solo quedaron Russell, ella y la tripulación del barco, que había recibido instrucciones de ser discreta, según Willow.

Gail volvió a acomodarse junto a la borda cuando el barco zarpó. Había estado en los Hamptons en verano, para algunos actos benéficos, pero siempre trabajando. Era la primera vez en que podía permitirse el lujo de relajarse sin más.

Russell se acercó con dos copas y sintió que la boca se le quedaba seca y que tenía que tragar saliva. Lo que había estado esperando y temiendo durante los últimos días estaba a punto de ocurrir: estaba a solas con Russell.

Había intentado convencerse de que no era bueno iniciar una relación estando aún pendiente lo suyo con Penny, pero ya no podía contener más su deseo. Pasara lo que pasase, iba a disfrutar de aquella tarde. Dejaría de preocuparse por el futuro y disfrutaría de aquel hombre al que parecía gustar.

En condiciones normales, Russell ni siquiera se plantearía pasar tanto tiempo fuera de la oficina habiendo un acuerdo por cerrar, pero no había tardado en decidir que aquella tarde se desentendería del teléfono. Sabía que, a largo plazo, su proyecto más importante era el de ganarse a Gail.

Le ofreció la copa de champán y se sentó a su lado. Con el viento que soplaba, era difícil mantener una conversación personal a menos que se sentaran muy juntos.

—Ha sido un poco incómodo —dijo ella.

–¿En qué sentido? Me ha parecido que lo mantenías todo bajo control, como siempre.

–Es que no sabía qué decir. No sabía si debía mencionar o no lo que hemos hecho fuera de las cámaras.

–Yo creo que va a salir bien, digamos lo que digamos.

–¿Tú crees? –dudó ella–. Yo nunca he estado en una situación como esta, ¿sabes? Me refiero a que no sé qué hacer. Estoy acostumbrada a llevar siempre el timón y a hacer lo que yo quiero.

De eso estaba convencido. Encajaba con su necesidad de control.

–Seguimos siendo nosotros quienes tomamos las decisiones, Gail. Podemos decir que no a lo que ellos nos sugieran.

–Lo sé, pero dado que yo no he conseguido los resultados que buscaba estando al mando, a lo mejor ha llegado el momento de dejar que sea otra persona quien decida.

–Yo lo haría encantado. Ponte en mis manos.

–Tengo la impresión de que estamos hablando de cosas distintas.

No podía estar seguro. Estaba convencido de que Gail lo deseaba, y estaba harto de andar jugando a no desearla. La tripulación del barco era muy discreta, una discreción que él había pagado bien. Mientras navegasen, no los molestarían a menos que él los llamara, así que, en esencia, Gail y él estaban solos.

–Yo cuidaré de ti –prometió, aunque no estaba seguro de que debiera creerle. Después de todo lo que había ocurrido, sabía que estaba combatiendo contra el hecho de que aún no lo conocía lo suficiente para confiar en él, y al mismo tiempo contra lo negativo que había visto ya en su persona.

–No necesito que lo hagas –dijo ella.

–Sí que lo necesitas, pero no confías en mí.

Todo el mundo necesitaba que alguien lo cuidara, y sabía que Gail no era una excepción.

Apoyó un brazo en lo alto del respaldo de ella y la atrajo hacia sí. Ella no se resistió. El viento le alborotaba el pelo, que le rozaba el cuello y la mejilla. Sus mechones eran suaves y tomó uno de ellos en la mano.

–Me gusta esto.

–¿El qué? –preguntó ella, levantando la cara para poder mirarlo.

–Abrazarte. No sabía si ibas a dejar que volviera a hacerlo.

Gail entrelazó su mano con la que él le había puesto sobre el hombro.

–Yo tampoco lo sabía. La verdad, no pienso que sea buena idea.

–¿El qué?

–Estar juntos. Pero es que no puedo dejar de pensar en ti. Lo he pasado fatal estos últimos días, teniendo que tratarte como si fueras un cliente más.

Russell se inclinó para besarla. No quería dejar pasar otra oportunidad de saborear su boca. Hacía ya tiempo que se había dado cuenta de que la vida era demasiado corta para ir dejando para más adelante lo que de verdad quería. Su padre lo había hecho, y había terminado muriendo joven, sin llegar a aquel momento para el que había reservado tantas cosas.

Esa era una de las razones por las que él nunca dudaba en hacer algo cuando sentía la necesidad. Y en aquel momento, todo su cuerpo le pedía más de ella. La alzó de su asiento y se la acomodó sobre las piernas.

Ella lo abrazó y hundió las manos en su pelo. Le gustó sentir su peso en las piernas. Una erección cobró vida, y deslizó las manos por su espalda hasta llegar a la cintura para luego desandar el camino por delante, hasta llegar a sus pechos. Ella gimió y se movió bajo sus manos.

Russell dejó de besarla para abrir los ojos. Tenía la piel arrebolada de deseo y los labios inflamados.

Aquella vez estaban lejos de su despacho y del mundo. No había nada que pudiera impedirle acariciarla.

Gail deslizó las manos por su pecho.

–Me he imaginado muchas veces cómo estarías sin camisa.

–¿Ah, sí?

–Sí. Tienes un pecho tan firme… y recuerdo las sensaciones cuando me abrazaste. Anoche soñé que dormía entre tus brazos.

–Yo he soñado con tener estos magníficos senos contra mi pecho mientras entraba y salía de ti.

Gail se estremeció.

–Te deseo, Russell.

–Bien.

–No, no está bien. Normalmente no me siento tan atraída por un hombre, y me asusta un poco.

–No debería. Estamos bien juntos.

Ella ladeó un poco la cabeza.

–¿Significa eso que te quitarías la camisa si te lo pido?

–Sí.

–Pues te lo pido.

Se desabrochó la camisa, pero no se la quitó, y ella poso las manos en la abertura. Sintió sus dedos fríos, pero su contacto era firme. Deslizó las manos hacia arriba y hacia los hombros para apartar la tela y poder ver todo su pecho.

Se acercó un poco más para ver de cerca la marca de nacimiento que tenía a la izquierda del pezón, que luego acarició con la yema del índice antes de inclinarse para besarlo.

Russell se estremeció al sentir sus labios en el pecho, y una descarga de pura energía le recorrió de arriba abajo. Gail cambió de postura hasta quedar sentada a horcajadas sobre él. Rozándolo con una uña, fue recorriendo el camino hasta su ombligo, y una vez allí describió círculos a su alrededor, lo que le enardeció aún más. Iba a reventar la cremallera. Respiró hondo y cuanto pudo oler fue Gail. Con suavidad pero con firmeza, hundió las manos en su pelo y la obligó a echar la cabeza hacia atrás para adueñarse de su boca, para hundir en ella su lengua y acariciarla por dentro, para sentirla suya. No podía besarla lo suficiente para satisfacer la necesidad que sus caricias habían despertado en él, y lo más probable era que nunca se saciara de aquella mujer.

Pero, desde luego, iba a intentarlo.

Capítulo Ocho

Gail cambió de postura para poder acariciar a Russell más íntimamente. Había pasado casi un año desde su último amante, y no se había dado cuenta de hasta qué punto había echado de menos las caricias de un hombre. Olía tan bien… y con el sol caldeándolos, la brisa marina soplando a su alrededor y el relativo aislamiento de estar en mitad del océano, se sentía libre. Libre de las preocupaciones y dudas más habituales. Nada podía estropeárselo.

Russell fue quien marcó el ritmo. Ella le estaba acariciando el pecho, cálido y cubierto de un vello suave. Le gustaba el cosquilleo que estaba sintiendo al acariciarlo sobre los pectorales y por encima del estómago. Estaba bronceado, así que debía de pasar cierto tiempo al aire libre y sin camisa. La marca de nacimiento que tenía junto al pezón derecho le fascinaba por su forma, y seguía tocándola de vez en cuando.

–Desabróchate la blusa –le dijo él con la voz áspera por el deseo.

Su tono autoritario la sacudió de arriba abajo con un pulso ardiente y líquido.

–No sé si debo.

–Hazlo. Ahora.

–¿Y qué vas a hacer si no te obedezco? –le preguntó, acercándose a él mientras se mordía un labio.

–¿Por qué no ibas a obedecerme? Es lo que deseas hacer.

Y lo era. Miró a su alrededor. No había otros barcos a la vista, así que se desabrochó despacio el primer botón. Tenía la mirada de Russell clavada en ella al pasar al siguiente, pero se limitó a desabrochárselo y a bajarse la blusa de los hombros para que él pudiera ver el sujetador de encaje que llevaba puesto.

–¿Me estás provocando?

–Sí.

Russell la hacía sentirse más femenina, más viva de lo que se había sentido con ningún otro hombre, más orgullosa de ser mujer y de poder excitarlo.

Más despacio aún, se desabrochó el siguiente.

–¿Es esto lo que querías?

–Casi. Me estás volviendo loco. No sé cómo voy a poder esperar a verte desnuda.

–¿Te gusta lo que has visto por ahora?

–Me enloquece, pero estoy desesperado por poder ver más de este hermoso cuerpo.

–Sí –susurró ella, desabrochándose el resto, pero sin quitarse la blusa, y volvió a besarlo.

La firmeza y el deseo con que él la besaba no le dejaron sombra de duda en cuanto a que él seguía llevando el timón. Y no le importó. Le gustaba sentir el movimiento de su lengua, y se dio cuenta de que, incluso en el breve instante en que habían estado separados, lo había echado de menos.

Las manos de Russell recorrieron el contorno de su cintura antes de atraerla para que sus senos le rozaran el pecho desnudo. Le bajó de los hombros la blusa y la contempló inmóvil. Sentía el calor del sol en la piel expuesta, pero la brisa era fresca, y se sintió cómoda bajo el escrutinio de su mirada.

Llevaba un sujetador de La Perla de un precioso encaje bordado en la copa, y él trazó los contornos de la parte superior del sujetador.

–Preciosa.

Quería creerle cuando le decía eso, pero no estaba segura de si se refería solo a la exquisita lencería que llevaba.

–Te gusta llevar cosas bonitas.

–Sí –contestó ella, aunque en realidad no fuese una pregunta.

–Si bajamos al camarote, ¿te quitarás los pantalones para que pueda verte?

Una imagen se le formó en la mente.

–¿Y tú te quitarás la camisa?

–Y algunas cosas más.

–Entonces, sí.

–Bien –contestó él, tomándola en brazos para cruzar la cubierta y descender los pocos peldaños que daban acceso a la bodega del barco. Pasillo adelante, llegaron al camarote principal. Russell la dejó en el suelo y cerró la puerta.

Gail se sentía un poco rara allí, ahora que no tenía su contacto, y se cruzó los brazos sobre la cintura sin saber qué hacer. Pero Russell hizo desaparecer aquella incertidumbre acariciándole los brazos desde los hombros hasta entrelazar su mano con la de ella. La llevó junto a los ojos de buey del camarote, bajo los cuales había un diván, y se tumbó en él.

–Estoy listo.

–¿Listo para qué?

–Quiero ver también las bragas. Quiero verte, preciosa.

Ella asintió. Nunca se había desnudado así, delante de un hombre. Bueno, en una ocasión, con un amante, los dos se desnudaron rápidamente el uno delante del otro, pero tenía la impresión de que él ni siquiera la había mirado. O al menos no como Russell.

–Esto no lo he hecho nunca.

–Tampoco tienes que hacerlo ahora si no quieres, pero quiero poder contemplar tu cuerpo. Si lo prefieres, puedo desnudarte yo.

Gail negó con la cabeza. No quería perderse esa experiencia con él. Estaba a un metro escaso de Russell, con el sol entrando por el ojo de buey. Se quitó las sandalias y se desabrochó los pantalones, y recordó que hacerlo despacio le había dado a ella confianza, y a él, lo había excitado, de modo que volvió a escoger un ritmo lento.

Tras tomarse su tiempo para bajar la cremallera, fue quitándose despacio los pantalones, y con un movimiento de caderas, dejó que cayesen al suelo. Salió de ellos y se acercó a él, y, cuando estaba lo bastante cerca como para que pudiera tocarla, él deslizó una mano por la cara exterior de su muslo.

–Me estás matando –dijo, tirando suavemente de ella para que quedase con las piernas abiertas por fuera de las suyas. Luego se acercó y le besó el ombligo.

El calor de su lengua fue quedándosele impreso en la piel a medida que le iba besando el camino desde la cintura al vientre, y con la lengua dibujó la línea del elástico de las bragas.

Las piernas le fallaban, y la colocó en su regazo, con lo que sintió el centro de su ser contra su erección, pero no era suficiente. Estaba vacía y necesitaba más. Y no podía esperar.

Russell le desabrochó el sujetador y, muy despacio, bajó los tirantes para después ir acariciando su espalda y los hombros para llegar por fin a sus pechos. Con la palma de la mano rozó sus pezones y ella se estremeció, y tomándolos entre los dedos pulgar e índice, los hizo girar mientras la besaba. Su boca era una pura delicia. Cuando la besaba, solo podía desear permanecer para siempre en sus brazos y sumergirse toda en aquella sensación. La apretó entonces contra su cuerpo hasta que los pezones sensibilizados se rozaron contra el vello de su pecho.

Un gemido se escapó de sus labios. Sus caricias eran maravillosas. Dejó caer la cabeza hacia atrás cuando sintió sus labios en la base del cuello, que fue tocando lánguidamente, primero con los labios, después con los dientes. Un estremecimiento tras otro le recorrían el cuerpo.

Entonces fue ella quien metió una mano entre los dos cuerpos para frotar su erección, e iba a desabrocharle los pantalones, pero él la detuvo.

—Todavía no.

—¿Por qué? —preguntó. Ella quería más, y lo quería ya.

—Porque aún te estoy preparando.

Volvió a poner los labios en su cuello y fue bajando hasta sus pechos, utilizando la lengua para trazar una línea desde la base de sus senos hasta cada pezón. Pero aquello eran solo roces, nada más, y, cuando Gail no pudo aguantarlo más, le puso un pezón en los labios. Él se lo lamió, y ella gimió su nombre. Quería sentirlo ya. Estaba cansada de esperar, de no tenerlo.

Russell la sujetó por la cintura para succionarle primero un pezón y luego el otro, agarrándola por las nalgas, haciéndola moverse sobre su erección. Gail se sintió húmeda.

Volvió a maniobrar entre los dos, le desabrochó el cinturón y los pantalones para poner acariciarle sin barreras.

Él gimió su nombre.

–Abrázate a mí.

Lo hizo, y él se levantó, dejó que los pantalones cayeran al suelo y con las piernas de ella rodeándole la cintura, caminó hasta la cama.

Gail le quitó los calzoncillos y volviendo a agarrar su pene, lo movió arriba y abajo. Russell abrió más las piernas y ambos siguieron acariciándose.

–Te deseo –dijo él.

–Yo también a ti.

–Bien. Supe desde el momento en que te vi que acabaría teniéndote en mi cama.

Ella nunca había estado tan segura.

Russell le soltó la coleta y dejó que el pelo cayera hasta los hombros.

–Mueve la cabeza.

Ella obedeció y Russell la colocó de nuevo en su regazo.

Gail se acomodó hasta que el extremo de su pene estuvo en la entrada de su cuerpo, e iba a introducirlo en su cuerpo cuando él la detuvo.

–¿Tomas anticonceptivos?

–Sí. Y sé que los dos estamos sanos por las pruebas de Matchmakers Inc.

–Me alegro, porque no quiero que nada pueda interponerse entre nosotros. Quiero sentirte.

–Y yo a ti. Ya basta de jugar.

–Sí –respondió Russell, y sujetándola por la cintura, volvió a colocarse en la entrada de su cuerpo. Poco a poco, controladamente, la penetró, y Gail echó atrás los hombros y se estremeció con la sensación de tenerlo dentro, llenándola. Tensó los músculos y él gimió.

–Qué maravilla.

–Sí…

Russell introdujo una mano entre sus piernas para acariciarle el clítoris y en un instante, así, sin previo aviso, Gail explotó. Todo su cuerpo se convulsionó en apenas un segundo. No podía dejar de moverse, intentando sentirlo aún más hondo, más dentro.

Quiso besarlo, pero él le susurró palabras ardientes al oído. Una vez más, sintió estremecimientos recorriéndole la espalda.

–Creo que voy a tener otro orgasmo.

–Todavía no. Espérame.

No tuvo que esperar mucho.

–Ahora….

Sintió de nuevo los espasmos del orgasmo mientras él la besaba con toda su pasión, antes de derramarse dentro de ella. Siguió moviéndose dentro de su cuerpo, cabalgando la cresta de su orgasmo hasta que ella no pudo más y cayó colapsada sobre él.

Apoyó la cabeza en su hombro y él la retuvo abrazada para tumbarse de lado en la cama.

–Gracias –le dijo, mientras le acariciaba la espalda.

–De nada –contestó Gail, abrazándolo con fuerza. No quería separarse de él. Deseaba que aquel momento durara para siempre. Le gustaba que la abrazara, se sentía a salvo en sus brazos.

–Deberíamos subir a cubierta –dijo Russell–. ¿Quieres lavarte antes?

Aquellas palabras rompieron el hechizo, y su corazón se resintió. No lo quería, pero había creído que… que aquello era algo más que un revolcón a media tarde. Al parecer, estaba confundida.

–Yo saldré primero –dijo, levantándose para recoger la ropa–. Mi blusa se ha quedado arriba. ¿Puedes salir a buscarla?

–Gail, ¿estás bien?

Ella asintió. No quería hablar de ello en aquel momento.

–Sí.

–Pero ¿qué he dicho?

–Nada. Tráeme la blusa, ¿quieres?

–No voy a dejarlo pasar. No nos queda mucho tiempo. Tenemos que estar de vuelta dentro de media hora.

–Lo sé –respondió ella, pero en realidad no era así–. Bueno, la verdad es que no. He perdido el hilo de todo.

Seguro que él no podía decir lo mismo. Estaba claro que había estado controlando el tiempo, y tenían que recoger y volver a cubierta antes de tocar tierra. Qué asco. Ojalá hubiera reflexionado más sobre los sentimientos que le despertaría acudir a un servicio de búsqueda de pareja y aparecer en un programa de la televisión. Se había creído capaz de controlar sus reacciones y de pensar con lógica, pero no era así.

—Voy a asearme.

—Gail…

—Ahora no, Russell. Tengo que recuperar la compostura y no podré hacerlo si hablo de ello. Por favor, ¿quieres traerme la blusa?

Entró en el aseo y cerró la puerta. En realidad se trataba de un lujoso cuarto de baño, mayor que el que ella tenía en casa, con una amplia bañera y una ducha en la que cabían dos personas a la vez. Se miró en el espejo y vio sus labios inflamados y las rojeces del cuello. Sería evidente para cualquiera que la mirara que habían hecho el amor.

Utilizó una manopla para lavarse entre las piernas y se vistió despacio. A continuación volvió a recogerse el pelo. Todos aquellos movimientos consiguieron que se fuera sintiendo un poco más normal. Pero claro, le faltaba la blusa, así que iba a tener que quedarse allí con aquel sujetador que le había costado una fortuna. Se lo había comprado porque le gustaba sentirse sexy, pero en aquel momento lo que se sentía era pequeña y usada.

No podía echarle la culpa a nadie. En realidad se esperaba… qué demonios, no se esperaba nada porque lo único en que había pensado era en sus ganas de hacer el amor con Russell. Lo deseaba y lo había tenido, pero no había pensado en las consecuencias.

Llamaron a la puerta.

—Te he dejado la blusa en la cama. Te espero en cubierta.

–Gracias.

Esperó un momento antes de abrir la puerta, y rápidamente se puso la blusa y se la abrochó. La cama estaba hecha y la habitación estaba exactamente igual que cuando habían entrado. No quedaba ni rastro de ellos, pensó mientras subía a cubierta. Russell estaba en la proa, contemplando el mar.

Tenía que admitir que lo que sentía por Russell la asustaba, y hacer el amor con él solo le había servido para darse cuenta de hasta qué punto era vulnerable. Quería que él fuera ese hombre de ensueño que se había creado en la cabeza, y semejante carga no era fácil para nadie, porque la realidad nunca conseguía estar a la altura de la fantasía por mucho que lo intentara.

Él se volvió a mirarla y sonrió tímidamente. Sabía que lo había desestabilizado dejándolo así en la cama, pero no había podido evitarlo. Russell estaba acostumbrado a mujeres y relaciones fluidas y que cambiaban de un momento para otro, mientras que ella… ella no estaba acostumbrada a nada. Nunca había tenido una relación con un hombre que hubiera sido real.

Aquel hombre iba a partirle el corazón, seguro. No podía estar con él sin enamorarse de su forma de mirar y de su encanto sin edulcorantes con el que conseguía que se sintiera… bonita. Pero tenía que conseguir sentirse así por sí misma, porque depender de él iba a conducirla por un camino que le daba miedo tomar.

Capítulo Nueve

Cuando llegaron de vuelta a Montauk, las cámaras ya les estaban esperando. Al verlas, Gail se sintió expuesta y deseó poder alejarse de la atención del programa con el que se había comprometido. Russell le puso la mano en la espalda y se volvió a mirarlo, y a pesar de que deseaba distanciarse de él en aquel momento, presentaron un frente unido.

—No voy a poder hacer esto ahora —le dijo.

—Tenemos que hacerlo, o Willow sabrá que…

—Voy… voy a decir que me he mareado en el barco. Habla tú con ellos. Diles lo que quieren oír, que eso se te da bien.

—Sí, es cierto. Lo siento.

—No lo sientas. Quien tiene el problema soy yo.

—Gail…

—No puedo.

—Sí que puedes. Estás intentando huir una vez más, y no voy a permitírtelo.

—No estoy huyendo de nada.

—Sí que huyes. Los dos nos hemos comprometido con esto, y es duro. Me habría gustado pasar el resto de la tarde en la cama contigo, y de haber estado en mi barco, le habría dicho al capitán que siguiera navegando hasta que los dos quisiéramos volver al mundo real, pero esa posibilidad no existe en una cita preparada por un programa de televisión.

–Lo comprendo. Es que… a mí se me olvida a veces, pero a ti, nunca.

Russell la abrazó.

–Uno de los dos tiene que estar pendiente de ello. No hay nada que me apetezca más que perderme contigo, pero no quiero que puedas sentirte avergonzada de lo que pueda pasar entre nosotros, y quiero que permanezca así, solo entre nosotros.

–Supongo que has podido disfrutar de poca intimidad en tus relaciones.

–Poca, no. Ninguna. Tú y yo somos distintos, y no estoy dispuesto a que se nos estropee lo que tenemos.

–Está bien. Siento haberme pasado de la raya.

–No es eso –respondió él, negando con la cabeza–. Es que yo he sido un poco brusco. Tendría que haberlo hecho mejor. Y lo peor es que no tengo excusa, salvo que contigo me vuelvo primitivo. Tanto encanto y tanta sofisticación como me gusta pensar que he acumulado a lo largo de los años se volatiliza cuando estoy contigo.

A Gail no le quedó más remedio que sonreír. Le gustaba la idea de tener esa clase de influencia sobre él, dado que con Russell siempre se sentía vulnerable.

–¿Qué tal? –preguntó Willow al acercarse al barco junto al resto del equipo.

–Bien –contestó Gail. Ese «bien» era todo lo que podía permitirse.

–¿Estás bien? –le preguntó él, poniéndole la mano en la cintura y acercándose.

–No, pero disimulo –contestó con una brillante sonrisa–. ¿Lo hago bien?

–No demasiado. Esa sonrisa no te ha llegado a los ojos.

–Lo intento, no te creas.

–Y yo te lo agradezco. Lo siento, Gail. No debería haber…

–No. No me digas nada en este momento, que igual me echo a llorar.

Demonios… si ella no era de lágrima fácil. Pero tenía las emociones alteradas después de aquella tarde de sexo con un hombre con el que nunca habría soñado que se acostaría… un hombre encantador, sofisticado y todo lo demás que no había esperado encontrar en él. Un hombre que permanecía a su lado, decidido a ser su príncipe azul. Y aunque había aprendido hacía ya mucho tiempo que no debía depender de nadie, quería apoyarse en él. Necesitaba sentir aquellos brazos fuertes y sólidos una vez más.

–Te vienes a casa conmigo cuando esto acabe –dijo él.

–No puedo. Tengo una reunión.

Su vida tenía que continuar, y aquella cita era solo una cosa más en su agenda del día. Deliberadamente había programado algo más para no dejarse tentar por Russell, pero le había salido el tiro por la culata. Genial.

–Hablamos luego –dijo él cuando el director se acercó a ellos para darles instrucciones.

Gail quedó muy agradecida a Russell, que asumió el control de la entrevista y habló casi todo el tiempo mientras ella intentaba recuperar el equilibrio. Poco a poco fue comprendiendo que lo que más miedo le había dado de todo aquello era poder llegar a ser una mujer más en su cama, a pesar de que sabía que ella era distinta. Y Russell, a pesar de sus juegos con el sexo opuesto, insistía en que la veía distinta. Jamás en la vida un hombre la había excitado tanto. Nunca antes había tenido dos orgasmos seguidos, y nunca había deseado volver de inmediato a la cama de uno de sus amantes.

–¿Gail?

–¿Sí?

–Te he preguntado si te gustaría salir a navegar en mi barco. Estaría bien que nos tomáramos un fin de semana de descanso, y así no tendríamos la presión de tener que volver a puerto para rodar.

–Me encantaría –contestó, mirándolo a los ojos.

–Estupendo. Creo que no hemos tenido tiempo suficiente hoy.

–No.

Quería pasar mucho más tiempo con él, aunque el miedo la paralizase de vez en cuando estando juntos. Estaba cansada de esconderse de sus propios sentimientos, y no iba a seguir haciéndolo.

Russell no se había dado cuenta de lo gratificante que iba a resultarle dar un paso al frente y ocuparse de Gail. Nunca había sido el héroe de una mujer, y tampoco lo había pretendido… hasta entonces. Pero ahora quería hacer lo que estuviera a su alcance para asegurarse de que Gail, al mirarlo, viera a su hombre ideal.

–Bueno, esto está liquidado. Os veo la semana que viene para la tercera cita –se despidió el director.

–Tengo que hablar con Willow y luego ir a ver a

un cliente aquí, en los Hamptons, así que no volveré contigo en el helicóptero.

–Te esperaré en el club náutico. Envíame un mensaje cuando hayas terminado.

–¿Seguro?

–Completamente. Aún espero poder convencerte de que te vengas a casa conmigo.

–Ni lo sueñes. Necesito procesar todo lo que ha ocurrido.

–¿Procesarlo? Tampoco le des demasiadas vueltas –le advirtió–. Las relaciones personales no son como las entrevistas de trabajo.

–En eso estoy de acuerdo –contestó ella–, pero si no quiero terminar hecha polvo, además de hecha un lío, tengo que ser racional.

En cuestión de diez minutos, los liberaron de los micrófonos y pudieron marcharse. Gail se quedó un poco charlando con Willow mientras Russell esperaba fuera. El teléfono le sonó y miró la pantalla. Demonios… era Dylan.

–Holloway.

–Soy Dylan. Siento molestarle, pero tengo a Malcolm Addington, de Family Vacation Destination, en el vestíbulo. Me ha preguntado si podría usted cenar con su esposa y él esta noche.

–Dame un minuto –contestó. Malcolm acababa de proporcionarle la excusa que necesitaba para salir con Gail.

Una cena en la que se mezclaran placer y trabajo era algo a lo que seguramente ella no se negaría.

–Siento interrumpir –dijo, acercándose a las dos amigas.

–No pasa nada –contestó Gail–. ¿Qué ocurre?

–Que tengo una cena de trabajo, y él viene acompañado de su mujer. ¿Crees que podrías acompañarme? Puedo esperar a que hayas tenido tu reunión.

–Os dejo para que os organicéis. Llámame luego –dijo Willow antes de alejarse.

Gail ladeó la cabeza.

–Esto me huele a encerrona, pero sé que no mentirías sobre el trabajo.

–Cierto. Esta cena es crucial para mí. Estoy intentando ganarme a este tipo para que me venda sus acciones, y creo que tú me podrías ayudar.

–De acuerdo. Iré. Podemos quedar después de las siete y media. Ahora tengo que irme. Nos vemos en el bar del club náutico cuando haya terminado.

–Gracias, Gail.

Asintió y la vio alejarse. Ahora que la conocía de un modo más íntimo, no podía dejar de mirarla. La deseaba todavía más. Decirle que quería pasar más tiempo con ella no era una exageración.

Él, que nunca había tenido lazos con nadie, quería retener a Gail a su lado. Y no solo aquella noche, sino en el futuro. Y eso le daba un miedo atroz.

El móvil le sonó y miró la pantalla. Era un mensaje de Dylan preguntándole por la cena. Escribió:

Dile a Malcolm que sí, y haz una reserva para cuatro en el Rooftop.

Un momento después, recibió la respuesta de Dylan: *De acuerdo.*

Entró en el club y se dirigió a la zona del bar. Se acomodó en una mesa situada en un rincón y pidió una Foster's. Estaba tomando el segundo sorbo cuando vio a Conner que se dirigía hacia él.

–¿Qué tal van las citas?

–Bien… creo que van muy bien.

–Genial. Umm… mi equipo ha encontrado algo vuestro en el barco –dijo, y le entregó un delicado tanga de encaje. El que Gail llevaba tan encantadoramente.

–Gracias. Te agradezco que no hayas dicho nada.

–No hay problema. No se me ocurrió pedirte que utilizaras tu propio barco. El *Felices para siempre* es propiedad de Matchmakers Inc. Lo usamos mucho para las citas.

–Me parece lógico. ¿Por qué me dices todo esto?

–Porque no me gustaría resultar grosero diciendo algo que no debería –contestó Conner con una sonrisa.

–Buena idea. ¿Quieres tomar algo?

–Estupendo. Voy a pedir algo. ¿Qué estás tomando tú?

–Foster's.

–¿Te has vuelto australiano? –bromeó.

–Soy un Kiwi, no un Aussie –respondió, pero Conner ya se alejaba. Russell no insistió. Seguía pensando en Gail. Aún no la comprendía, y se preguntó si sería necesario hacerlo. Tenía la impresión de que las cosas iban avanzando bien, aunque también era cierto que había estado a punto de perderla aquella misma tarde, y no podía permitirse volver a cometer un error semejante. Su problema era que conocía a muy pocos hombres que se hubieran embarcado en una relación a largo plazo, y a los que conocía no iba a pedirles consejo.

Conner volvió y charlaron sobre la Copa de América y las posibilidades que los norteamericanos tenían de ganar la próxima edición, pero no conseguía concentrarse. Estaba en espera. Cada vez que se abría la puerta, se negaba a mirar para ver si se trataba de Gail, pero todo en él anticipaba el sonido de sus pasos.

Por fin llegó a su mesa.

–Hola.

–¿Ya has terminado? –preguntó Russell.

–Sí.

–¿Conoces a Conner MacAfee? –preguntó, haciendo un gesto hacia su amigo.

–No personalmente. Encantada.

–El placer es todo mío –respondió Conner, levantándose–. Hablaremos más tarde.

Conner se alejó y Russell se levantó también.

–¿Lista para irnos?

–Desde luego.

Le puso la mano en la espalda y la dirigió hacia la puerta. Mientras caminaban, sintió la mirada de otros hombres y el impulso primario de defender su territorio. Quería hacer saber a todo el mundo que pudiera mirarlos que aquella mujer le pertenecía.

Gail se había tomado su tiempo para prepararse para la cita con Russell. Estaba casi convencida de que se habría dado cuenta de lo poco propio que era de ella acostarse con un hombre en la segunda cita, pero tenía la impresión de que se conocían desde hacía mucho más tiempo. Había algo en Russell que le hacía sentirse más cómoda que con cualquier otro hombre que hubiera conocido.

Y eso era peligroso, porque la empujaba a pasar por alto algunas cosas que no debería. Demonios... qué idiota era. No podía permitir que llegara a significar tanto para ella. Se había prometido ser inteligente en el lío aquel de las parejas, pero le bastaba con encontrarse con sus ojos grises para que la cabeza empezara a darle vueltas como a una adolescente con una canción de Taylor Swift.

Se puso el vestido nuevo que se había comprado de camino a casa. Quería cautivar a Russell, y estaba convencida de que iba a conseguirlo. Aunque nunca se había considerado una mujer guapa, sabía que aquel vestido de talle imperio le quedaba bien. Tenía los hombros bien tonificados y el pelo, que se había dejado suelto, le caía en suaves ondas hasta los hombros. Solo le quedaba ponerse las lentillas.

–Deja de psicoanalizarte –regañó a la imagen que le devolvía el espejo.

Por fin estuvo lista y se miró al espejo de cuerpo entero que tenía en el dormitorio. Con las sandalias de tacón resultaba más alta, pero eso no era problema, porque Russell era altísimo. Estaba casi tan bien como cuando el equipo de maquillaje y peluquería del programa la había preparado.

Pero de pronto la asaltó la inseguridad. ¿Se estaría engañando? ¿Se le ajustaba demasiado el vestido a las caderas? ¿Debería cambiarse?

Miró el reloj y pensó en ponerse su vestidito negro de siempre, pero al final negó con la cabeza. Al sentir el peso de su melena en el cuello recordó el modo en que Russell la había mirado en el espejo de su despacho tras soltarle el pelo. La había encontrado atractiva. ¿Por qué no iba a creerle?

Recogió la cartera de mano y salió del dormitorio antes de que las dudas pudieran aniquilarla. Tomó el ascensor para bajar al vestíbulo del edificio y le pidió al portero que le pidiera un taxi. En el fondo sabía que aquello no era más que una fantasía. Que lo que había ocurrido entre Russell y ella aquella tarde la estaba empujando a verle a través de unos cristales de color rosa.

Seguía siendo un hombre con montones de problemas del pasado, alguien en quien no sabía si debía confiar. Sin embargo, su cuerpo lo deseaba, y su mente le iba detrás a duras penas.

El taxi se detuvo ante la puerta del restaurante de Daniel Boulard en el Upper East Side. Nunca había estado allí, pero había oído hablar de él. ¿Quién no?

Intentó tranquilizarse, pero, cuando entró al vestíbulo y vio a Russell esperándola con su traje oscuro, el corazón le latió un poco más rápido.

Siempre estaba genial, fuese la hora que fuese del día, pero su físico era perfecto para llevar la chaqueta de un traje porque enfatizaba la anchura de sus hombros, y la camisa blanca, el bronceado de su piel. Estaba para comérselo, y, cuando la miró, pensó: «Es mío».

Russell sonrió, y ella sintió un cosquilleo en la piel. Acercándose, se puso de puntillas y lo besó. Él le dio un abrazo.

–Estás preciosa.

–Gracias –contestó, sonrojándose. Todas las dudas que había tenido desaparecieron. Estaría dispuesta a pasar por todo ello otra vez con tal de ver su reacción. Valía la pena.

–Malcolm y su esposa van a llegar unos minutos tarde. ¿Quieres tomar algo mientras esperamos?

–Por ahora no, gracias. Háblame de Malcolm y de lo que necesitas de mí esta noche.

–Solo que seas tú misma –contestó él–. Es una pieza clave en la empresa que quiero comprar, y es uno de esos hombres que no deja que sean solo las cifras las que le empujen a tomar una decisión de negocios. Quiere asegurarse de que voy a mantener la esencia de su empresa, y mis valores no son hasta ahora lo que él tiene en la cabeza.

–Pero estás cambiando –adivinó ella, preguntándose hasta qué punto todo aquello de las citas no estaría motivado por sus objetivos profesionales. Ser consciente de por qué quería que estuviera a su lado aquella noche fue una desilusión, pero al menos no le había mentido. Había sido ella la que se había montado otra película en la cabeza.

Malditas fueran aquellas gafas que lo teñían todo de color de rosa. Ojalá con aquello bastara para que por fin lo viera como era en realidad, pero se temía que no iba a ser así. Era el corazón quien analizaba las impresiones que Russell causaba en ella, mientras que la cabeza poco podía decir, aparte de advertirla que iba a sufrir.

Capítulo Diez

Malcolm y Ashley Addington debían de pasar de los sesenta años, pero ambos aparentaban diez menos. Los dos estaban en forma y vestían a la moda, y todo ello le indujo a Russell a preguntarse por qué estaría planteándose vender las acciones que tenía en la corporación. Pero no debía darle vueltas a eso en aquel momento. Debía convencer a aquel hombre, padre de cuatro hijos, de que había pasado de ser un jugador profesional a un hombre de familia. Y Gail estaba teniendo su peso específico en aquella nueva imagen.

Normalmente se habría pasado toda la velada hablando de negocios, pero tenerla a su lado lo cambiaba todo, y por primera vez se dio cuenta de por qué Malcolm insistía tanto en tener a un hombre de familia a la cabeza de la corporación. Hablaron prácticamente de todo excepto de negocios.

—¿Cómo os conocisteis? —preguntó la esposa de Malcolm.

—A través de un servicio de búsqueda de pareja. Es más, puedes ver todos los detalles del cortejo en un programa de televisión.

—¿En serio? —preguntó Ashley—. Es la primera vez que conozco a alguien que haya aparecido en uno de esos programas. ¿Cómo ha sido eso?

—Es que el servicio de búsqueda de pareja que

los dos contratamos por separado forma parte también del programa.

Malcolm miró directamente a Gail.

–Soy capaz de comprender que él pueda necesitar uno de esos servicios, pero ¿tú? ¿Cómo se te ocurrió recurrir a eso?

Gail se sonrojó y miró a Russell, que le apretó la mano por debajo de la mesa.

–De los hombres que había ido conociendo desde hacía un tiempo, ninguno era adecuado para pensar en una relación a largo plazo. Tengo mi propia empresa y he de reconocer que soy adicta al trabajo –se sinceró–. Pero tener una familia es mi siguiente prioridad, y no quería perder el tiempo saliendo con hombres que no buscaran lo mismo que yo, cuando una empresa de búsqueda de parejas podía encontrarme al hombre ideal.

–Pues parece que lo han conseguido –respondió Ashley–. Hacéis una pareja encantadora.

–Gracias –contestó Russell. No quería darle la oportunidad a Gail de decir que él no era ni mucho menos el hombre perfecto.

–Lo cierto es, Ashley, que en un principio no me pareció que Russell fuese hombre para mí.

A Malcolm iba a encantarle escuchar sus dudas sobre su capacidad para convertirse en un hombre de familia. Le proporcionaría la excusa que andaba buscando para darle con la puerta en las narices.

–Ya me lo imagino. Russell, tendrás que reconocer que tienes cierta reputación con las damas.

–Ya lo creo que la tiene –corroboró Gail–. Pero una vez conseguí conocer al hombre de verdad, bueno… fue fácil darse cuenta de que estaba tan dispuesto al cambio como lo estoy yo.

–¿De verdad? –preguntó Malcolm.

–Sí –respondió, mirándolo con una sonrisa–. Creo que aún le falta un largo camino para llegar a ser el hombre perfecto, pero sigue avanzando.

Russell se relajó. Dejó de preocuparse por las impresiones que Malcolm se estuviera llevando sobre él, y sobre Gail y él, y respiró hondo en aquella nueva atmósfera de confianza.

–Ni que decir tiene que tú para mí eres la mujer perfecta.

–Por supuesto –respondió Gail, y volviéndose a Ashley, añadió–: Nunca hay que dejarles ver nuestras debilidades.

–Desde luego. Malcolm sigue pensando que este es el aspecto que tengo cuando me levanto de la cama por las mañanas.

–Y ella que sigo teniendo una tableta de chocolate en el abdomen –replicó Malcolm, frotándose la tripa, lo cual les hizo reír.

Gail miró a Russell, y vio en sus ojos que quería lo que aquella pareja tenía: la felicidad que emanaba de estar tan unido a otra persona y de ser aceptado por ser quien eres, nada más. Él quería eso mismo, aunque hacía apenas una semana pensar en sí mismo con una relación semejante a la que tenían Malcolm y Ashley, le habría puesto los pelos de punta. Pero había cambiado desde entonces.

–¿Pedimos postre? –sugirió.

–Claro –contestó Malcolm–. Y luego les pediremos a las señoras que nos dejen un ratito solos para hablar de negocios.

–Bueno, tú ya sabes que yo nunca tomo postre –repuso Ashley–. Tengo entendido que hay una vista preciosa desde el bar, así que, si a Gail le parece bien, podemos tomarnos algo allí mientras habláis.

–Me parece perfecto –respondió Gail–. Quiero saber más de ese decorador que has mencionado antes.

Russell se levantó y la besó en la mejilla, a lo que ella correspondió con un abrazo y un susurro al oído:

–Los tienes en el bote.

No había palabras para expresar lo agradecido que le estaba por lo que había hecho aquella noche.

–Eso espero.

Las mujeres se alejaron y Russell volvió a sentarse con Malcolm.

–Has encontrado una joya.

–Eso creo.

–Yo no creía que pudieras cambiar –dijo Malcolm sin andarse por las ramas–. Temía que fueses a transformar nuestra cadena en otro de tus destinos para solteros. Da igual lo que dijera tu asistente, he visto cómo trabajáis.

–Bueno… lo comprendo –replicó Russell, recostándose en la silla–. Tengo un negocio para ganar dinero, y hasta este momento de mi vida, solo he sabido ganarlo de una manera.

–¿Y tener a Gail te ha hecho considerar el mundo de otro modo?

Russell asintió.

–Digamos que los cambios están ocurriendo todos al mismo tiempo. Presenté mi opción a vuestra empresa al mismo tiempo que firmé con Match-makers Inc.

–¿Por qué? No estarás utilizándola a ella para convencerme a mí de que has cambiado, ¿verdad?

Sabía que Malcolm no era estúpido, de modo que debía contestar con cautela.

–Yo… no voy a mentirte. Esa era mi idea inicial, pero una vez conocí a Gail, lo del negocio pasó a otro plano.

Malcolm se echó a reír con una sonora carcajada, y varios comensales se volvieron a mirarlos.

–Así que has quedado atrapado en tu propia red, ¿eh?

–Eso parece. Y las mujeres no son como los negocios.

–Por supuesto que no. Dios sabe que Ashley me ha dado más problemas que cualquiera de mis hoteles. Pero ha valido la pena.

–Ya me doy cuenta. ¿Cuánto tiempo lleváis casados?

–Treinta y cinco años. Ella es la razón de que quiera retirarme. Quiere que disfrutemos de más tiempo juntos, en lugar de que yo siga trabajando mientras ella explora por ahí.

Russell se preguntó si alguna vez llegaría a ese punto con Gail.

–Creo que es una magnífica idea, y desde luego soy el hombre al que debes vender tus acciones para que tú puedas dedicarte a disfrutar de la vida sin preocuparte de tus negocios.

***

Estando con Ashley, Gail se dio cuenta de hasta qué punto necesitaba que lo suyo con Russell saliera bien. Desde que se habían conocido, sus emociones habían subido y bajado como en una montaña rusa, y aquella noche se había dado cuenta de hasta qué punto la necesitaba a ella para que su acuerdo saliera adelante. Le preocupaba que pudiera estar utilizándola.

–Bueno… –suspiró Ashley cuando tenían ya su copa de Baileys con hielo, sentadas ambas ante el inmenso ventanal desde el que se veía toda la ciudad–. ¿Cómo es salir con alguien como Russell? Perdona si te parece un poco descarada la pregunta, pero es que Malcolm es muy serio y siempre lo ha sido, y a mí me gustaría vivir esa experiencia a través de tus palabras.

Gail tomó un sorbo de Baileys y se preguntó cómo podría describir a Russell.

–No sé qué decirte, la verdad. Intimida un poco, porque tiene una reputación difícil de ignorar, y yo soy una chica corriente. Me preocupa no ser suficiente para mantener su atención.

Ashley negó con la cabeza.

–Te equivocas. Esta noche no ha dejado de mirarte cuando tú no te dabas cuenta. He visto esa mirada antes en otros hombres enamorados.

Eso no lo dudaba. Pero también sabía que quería que Malcolm y Ashley vieran lo que necesitaban ver: una pareja enamorada.

–Russell es complicado.

Ashley asintió.

–Eso ya lo veo. Malcolm también lo es, pero de otro modo.

–¿A qué te refieres?

–Es muy estricto respecto al tiempo que le dedica a la familia, y eso resulta duro con nuestros hijos. Ellos tienen sus propias ideas respecto a lo que quieren hacer con su vida, y nuestro Keir quería hacerse cargo de la dirección de la compañía, pero con un enfoque distinto al de su padre… –movió la cabeza–. Perdona.

–No pasa nada. Ahora estamos empezando, y he pensado que, cuando estemos tan asentados como lo estáis Malcolm y tú, las cosas serán distintas. Mejores.

Ashley se rio.

–Ya lo son. Mejor que buenas. Lo que pasa es que todo se vuelve más complicado cuando tienes hijos, porque ellos añaden una dimensión nueva a las decisiones que tomas. Ya lo verás cuando te toque. Malcolm es un hombre muy comprometido, porque para él la familia es el núcleo de todo lo que hace.

–¿Sabías eso de él cuando os casasteis?

–Sí. Yo quería criar a mis hijos, y que él cuidara de mí y de nuestros niños, como se ha hecho siempre.

–Suena perfecto.

No era la clase de relación que Russell o ella elegirían. Aunque quería tener hijos, sabía que seguiría necesitando seguir con su carrera. Formaba parte de su ser y nunca podría renunciar a ella.

–¿De verdad quieres saber más de mi decorador?

–La verdad es que no, pero me ha parecido que era lo más apropiado para el momento.

Ashley se echó a reír.

–He tenido que pasar muchas veces por esta misma situación, así que lo comprendo perfectamente. A mí sí me gustaría preguntarte sobre tu profesión.

–Adelante, pregunta. Tengo una empresa de relaciones públicas en la que ofrezco consejo a mis clientes sobre qué decir y cuándo decirlo.

–¿Y funciona? A menudo me he preguntado cómo es que las celebridades se meten en tantos líos si tienen a gente como tú trabajando para ellos.

–Solo funciona si el cliente quiere escuchar. Suelen contratarnos cuando ya han dicho o hecho algo que no deberían, por ejemplo, un deportista al que le pillan en una situación comprometida, o un actor que habla mal de un director. Cosas por el estilo.

–¿Y qué hacéis para arreglarlo?

–No es que lleguemos a arreglarlo exactamente, pero intentamos controlar los daños. Procuramos mostrar a nuestro cliente a la luz pública como era antes, o hacer que lo inviten a algún programa de televisión donde pueda explicarse. Que pueda demostrar que sabe que ha metido la pata. Somos humanos y todos cometemos errores.

–Cierto. Y a mí me gusta ver a los famosos en esas situaciones. Los hace parecer más reales.

–Es verdad –respondió Gail.

Russell era como las celebridades con las que ella había trabajado. De hecho, de haber sido ella su asesora, le habría recomendado que se buscase una mujer de su estilo y que la cortejara públicamente para intentar arreglar su imagen.

No quería pensar que la estaba utilizando, pero

aquella noche no le dejaba otra opción, y se preguntó si tendría el valor necesario para pedirle explicaciones.

Russell la ayudó a subir al coche y luego se sentó a su lado. La había notado muy callada desde que habían vuelto a reunirse los cuatro, y se preguntó qué estaría pensando.

–Gracias.

–¿Por qué me das las gracias? La cena ha sido agradable, pero no creo que me estés dando las gracias por eso.

Estaba pensativa y muy cerrada en sí misma. No era lo que había pensado, dado que la velada había salido mejor de lo que quería, y la verdad, le habría gustado que se mostrara feliz y contenta y dispuesta a celebrarlo.

–Por esta noche. Has estado perfecta, justo la persona que necesitaba como acompañante.

–De eso ya me había dado cuenta.

Estiró el brazo por encima del respaldo del asiento y jugó con un mechón de su pelo mientras el conductor evolucionaba por las calles abarrotadas de la ciudad.

–Te agradezco todo lo que has hecho. Malcolm es un hombre agradable, pero tiene algunas ideas un tanto peculiares sobre su negocio y no quería vender…

–Lo sé. Lo percibí en cuanto nos encontramos. Y Ashley me lo confirmó cuando estuvimos a solas. ¿Sabías que ni siquiera ha permitido que su hijo se hiciera cargo de la dirección?

–Pues no, no lo sabía. ¿Por qué?

–Porque, al parecer, no comparte su visión del negocio –aclaró ella–. Russell, ¿estás jugando conmigo?

–No. Estoy decidido a cambiar, como te he dicho ya un millón de veces. ¿Es que nunca vas a creerme?

–Cuando dejes de darme sorpresas. Primero fue lo de tu antigua novia, luego un hombre que únicamente venderá su empresa a un hombre de familia. Cada vez que pienso que ya está todo claro, aparece una cosa nueva.

–Tú eres igual de compleja. Puede que incluso más, porque todas mis cuestiones están a plena luz, pero tú las tuyas las ocultas cuanto puedes. Me dejas ver un poco de ti y luego me apartas.

Gail se giró para quedar de frente a él.

–Yo no pretendo jugar contigo.

–Lo sé. Empezar una relación es difícil para cualquiera. Los dos somos personas complejas, y tenemos que solventar las cosas que van surgiendo delante de una cámara, lo cual lo hace todavía más difícil.

–Sí que lo es. Y tienes razón en que soy muy reservada. Lo que pasa es que, cada vez que decido que es seguro confiar en ti, aparece algo que me hace desconfiar.

Ojalá tuviera las palabras capaces de asegurarle que todo iba a salir bien, pero no sabía cuáles eran y no quería mentirle.

–Esta noche no he fingido. Creo que hacemos una pareja realmente buena.

–Yo también lo creo, aunque no estoy segura de que eso signifique que debamos serlo. Ya sabes que hay mujeres por ahí dispuestas a actuar como mujer de representación únicamente.

—No hay otra mujer a la que yo quiera tener a mi lado, Gail. Tú eres la que me comprende, y estamos bien juntos.

Gail se sonrojó.

—Es cierto que encajamos bien.

Russell sonrió.

—Y no solo físicamente. Esta noche hemos estado de maravilla. No hay muchas parejas que estén en la sintonía que estamos nosotros.

Nadie encajaba con él del modo que lo hacía Gail. Y eso era algo que no iba a dejar escapar.

—Es cierto que estamos sincronizados, lo cual no deja de sorprenderme, teniendo en cuenta el estilo de vida tan distinto que tenemos.

A él también le sorprendía.

—A lo mejor por eso hemos acabado emparejándonos.

—Tienes razón. Desde el primer momento me he preguntado qué vieron exactamente en cada uno de nosotros para emparejarnos.

Russell sonrió.

—Muy propio de ti. ¿Y qué respuesta has encontrado?

Ella se encogió de hombros y giró la cabeza para mirar hacia la calle.

—Ninguna. Hasta esta noche no había podido ver qué narices habría visto en nosotros quien nos emparejó. Hasta que no hemos estado sentados a la mesa charlando con otra pareja, con una de verdad, no he tenido ni idea de por qué estábamos juntos.

–¿Y después de la cena, sí?

Le gustaba aquella mujer. La necesitaba. Y, en su opinión, le había tocado la lotería cuando alguien lo emparejó con ella. Era todo lo que quería en una mujer y potencial esposa, y aún mucho más.

–Eso creo.

–Cuéntame lo que has averiguado.

–Pues que en cierto sentido somos iguales. Los dos sabemos relacionarnos bien y tenemos gustos similares.

–¿Y crees que eso le bastó a quien creó nuestra pareja?

–No. Creo que también cada uno tenemos algo que el otro necesita. Yo tengo la reputación y la estabilidad que tú necesitas, y tú tienes la cualidad de héroe romántico que yo andaba buscando.

No le gustaba demasiado aquel análisis, y tenía la impresión de que ella tampoco contemplaba aquellos hechos a una luz demasiado favorecedora.

–De modo que tenemos lo que le falta al otro. Podemos complementarnos mutuamente, Gail, y no sé por qué tú no lo ves así.

–¿A qué te refieres?

–A que tú eres cauta, mientras que yo soy aventurero. Yo soy un poco salvaje y tú eres tranquila. Y eso es lo que nos hace encajar. Tú quieres ser aventurera, pero siempre has tenido miedo, y siempre has querido ser un poquito salvaje, pero te daba miedo arriesgarte. Y ahora que me tienes a mí en tu vida, puedes ser ambas cosas con la tranquilidad de saber que yo estaré ahí para cuidar de ti.

Capítulo Once

Gail escogió un lugar bastante tranquilo para su siguiente cita ante las cámaras. Se trataba de una escuela de cocina en la que se enseñaba a hacer pizzas, y en cuyas clases solo se admitían parejas.

—Pizza, ¿eh? Creo que nunca he preparado una —comentó Russell al entrar a la zona de cocina, desde donde se disfrutaba de una vista panorámica del río Hudson.

—¿Tú cocinas?

—Estoy soltero. ¿Qué creías?

—Seguro que sabes hacer un par de cosas.

Seguramente, un hombre como él no tendría que cocinar muy a menudo.

—Pues sí. Si se puede meter en el microondas, o poner en la plancha, es comida.

—Parece un poco limitado.

—Después de esta cena, sabré hacer pizza como el mejor.

—Bueno, chicos, vamos a colocar los focos y vosotros dos, a maquillaje —dijo Willow nada más entrar—. Kat, necesito que confirmes que todos los asistentes a la clase de esta noche han firmado la autorización para poder filmarlos.

—Me pongo a ello, jefa.

Willow siguió dando instrucciones, algo que, desde luego, se le daba muy bien. A Russell y a ella los enviaron a maquillaje y peluquería. Estaba empezando a acostumbrarse al aspecto que tenía cuando la arreglaban para el programa; aun así, había pedido que dejaran de alisarle el pelo, y habían accedido a ello.

Le colocaron el micrófono y la enviaron a una de las islas de cocina. Poco a poco iban llegando otras parejas, y mientras esperaba a Russell, sonrió a quienes la miraban. Por fin apareció, y Gail suspiró aliviada… hasta que oyó a varias personas cuchichear sobre él.

–Vaya, vaya. Lo de esta noche va a ser muy divertido –ironizó–. Debería haber elegido un sitio en el que estuviéramos solos.

Russell la abrazó por los hombros, y ella intentó ignorar el hecho de que le bastaba con su contacto para alterarse.

–Qué va. Esto va a ser perfecto.

–¿Por qué lo dices?

–Pues porque tú lo has escogido –respondió, dedicándole aquella sonrisa tan endiabladamente sexy que tenía.

–¿Podéis prestarme todos un momento de atención, por favor? –preguntó Willow, colocándose en el centro de la estancia–. El chef David saldrá en un momento y dará comienzo vuestra clase. Necesito que todos actuéis con naturalidad y que intentéis ignorar nuestras cámaras. Vamos a grabar toda la sesión y luego la editaremos, de modo que no tengamos que interrumpir la clase.

–¿Para qué es la grabación? –preguntó un hombre al otro lado de la habitación–. ¿Vamos a salir en la tele?

–Estamos grabando un programa de parejas, y es posible que aparezcáis en él, pero no vamos a grabaros de cerca. ¿Alguna otra pregunta?

Willow se acercó a la isla de Gail y Russell.

–Vosotros dos, seguid haciendo lo que habéis venido haciendo hasta ahora. Vamos a tener una cámara siguiéndoos, y estaremos grabando vuestra conversación. Lo principal de este episodio no es aprender a preparar una pizza, sino vuestra cita.

–De acuerdo –dijo Gail.

–Claro –contestó Russell.

Willow se alejó y el chef dio comienzo a la clase con un breve resumen de la historia de la pizza. A continuación habló de sus orígenes en Italia y de cómo hacían allí la pizza. Era de Nápoles.

–¿Has estado en Italia? –quiso saber Russell.

–No. Tengo intención de hacer un crucero por el Mediterráneo el próximo verano, pero suelo tener mucho trabajo, lo mismo que mis amigos, y...

–Trabajas demasiado.

–Mira quién habla. Un adicto al trabajo. ¿Tú sí que has estado?

–Sí. En Roma y Venecia.

–¿Tienes Kiwi Klubs allí?

Eso le hizo reír.

–Pues sí, pero me tomé unas cortas vacaciones para conocer un poco la zona.

Iba a preguntarle algo más, pero el chef les mostró un gran cuenco con masa que tenían bajo la encimera.

–Ahora voy a enseñaros a lanzar la masa –les anunció.

Le vieron lanzarla al aire, extendiéndola con

141

mano experta a cada lanzamiento, trabajándola hasta que consiguió que tuviese el tamaño perfecto para la base de madera que le esperaba sobre la encimera.

—Ahora os toca a vosotros —les dijo.

—Bien —respondió Gail en voz baja—. ¿Por qué no lo intentas tú primero?

Russell tomó su parte de masa y tras estirarla un momento, empezó a lanzarla, pero no conseguía que se extendiera.

—Demonios, esto es más difícil de lo que parece.

—¿Ah, sí?

—Toma, prueba.

Y se la entregó. Gail empezó a lanzarla al aire. Era difícil conseguir que se extendiera, así que tras unos cuantos intentos infructuosos, volvió a dejarla en el cuenco.

—¿Y si intentamos estirarla entre los dos?

Agarraron cada uno por un lado y comenzaron a tirar hasta que un enorme agujero se abrió en el centro y Gail rompió a reír. Russell también. Los dos eran profesionales de gran éxito en su campo, y aquella estúpida masa de pizza debería haber sido pan comido, pero no lo era.

Russell se estaba concentrando de tal modo que parecía querer darle la forma deseada por pura fuerza de voluntad, y al final consiguieron algo parecido a lo que había hecho el chef.

—Gracias —dijo él cuando David hubo revisado su trabajo y volvieron a estar solos.

—¿Por qué?

—Por lo de esta noche. Es divertido y muy tonto,

justo lo que necesitaba para olvidarme de la presión a la que me he visto sometido últimamente.

Ella sonrió.

–Me alegro –respondió, aunque en realidad, no estaba tan segura. Seguía asustándole la idea de involucrarse demasiado con él. Aquella noche estaba siendo el hombre que ella necesitaba que fuese, pero había oído los comentarios de los demás participantes en el curso. Todo el mundo sabía que para él las mujeres eran de usar y tirar, y ella deseaba creer que no iba a partirle el corazón, pero no estaba convencida.

Cuando la clase terminó y las parejas sacaron sus pizzas al patio para comérselas, Gail se llevó una buena sorpresa: los paparazzi los esperaban. Vio que el gesto de Russell se tensaba a pesar de que intentó disimular, pero la realidad volvía a cercarlos. No era el hombre despreocupado que ella necesitaba, sino que tenía problemas reales, y la única realidad que les unía a ambos era un programa de televisión. Remataron la jornada con una breve charla con el anfitrión, pero después se alejó sin que se notara cuando Russell aún seguía hablando con Jack. Tenía que escapar de allí para averiguar si sus sentimientos eran reales, o solo una parte más de aquel montaje.

Russell sabía que aquella última cita no había salido tan bien como él se esperaba. Había estado pensando largo y tendido lo que debía hacer en la siguiente, pero la constante atención de los medios, y los problemas con Penny le habían impedido elegir la cita que deseaba, así que tuvo que conformarse con recorrer a pie la senda de los Apalaches, cerca de Sunrise Mountain, en Nueva Jersey.

–No sé si esto me convence –dijo Gail mientras les colocaban los micrófonos antes de ponerse en marcha.

–Yo te protegeré.

–Estoy segura de que lo intentarás, pero ¿y los bichos y esas cosas?

Él se rio, aunque con nerviosismo. Tenía miedo de que, una vez concluyese el programa, Gail abandonara su vida sin tan siquiera mirar atrás.

–No va a pasar nada, ya lo verás.

Tenía aspecto de chica de ciudad, con aquellos pantalones cortos y las botas de andar recién compradas. Se había recogido la melena y llevaba unas gafas de sol de diseño. Cómo la deseaba.

Lo que de verdad quería hacer era llevarla al bosque, buscar un sitio apartado y hacerle el amor, pero con las cámaras pegadas a la espalda, era imposible. Por no hablar de la presión de sus trabajos y sus vidas. Necesitaba sumergirse en aquel cuerpo de miembros largos y sedosos, abrazarla y fingir que era suya.

–Estoy pensando que os voy a grabar aquí, al principio de la senda, y luego en la cumbre –dijo Willow–. Voy a enviar a dos miembros del equipo para que os precedan y puedan tomar imágenes vuestras a larga distancia. Quiero que podáis disfrutar de la cita, pero necesito tener también buenas imágenes.

–De acuerdo –contestó Russell–. ¿Necesitarán un mapa, o saben dónde vamos?

Se había pasado un mes recorriendo aquellas montañas el año anterior, antes de empezar a salir con Penny. Necesitaba reorganizar sus ideas, y las caminatas le habían ayudado a conseguirlo. Se dejó crecer la barba, y bastaron unas semanas allí para que dejaran de reconocerlo y pasara a ser un montañero más.

—Te va a gustar, ya lo verás.

—Es que… no es lo mío.

—Hacer pizza tampoco era lo mío, y resultó bien.

—Hasta que llegó el final de la noche –le recordó ella.

—Ese es parte del atractivo de este lugar. Aquí no hay fotógrafos. Es demasiado trabajo para ellos.

Gail se echó a reír. Eso era lo que esperaba.

—De acuerdo. Dime qué tengo que hacer. Tú ya has estado aquí antes, ¿verdad?

—Sí. Sé lo que me hago, tranquila.

—Ah, es verdad, creciste en una granja, ¿no?

—En un rancho –la corrigió.

—Bien –intervino Willow–. Adelante. Podéis empezar.

Y se pusieron en marcha.

Russell quería estar a solas con Gail. No había tenido ocasión de hablar con ella en días, pero con las cámaras allí, la intimidad era imposible.

—¿Qué tal te ha ido estos días? –le preguntó ella.

—Bien.

—¿De verdad?

—No. Los medios me tienen frito, y aún tengo mucho trabajo por delante. No he tenido tiempo de charlar contigo.

Ella le dio la mano.

–Puedes llamarme siempre que quieras.

Él le apretó la mano y se la llevó a los labios.

–Te he echado de menos.

–¿Por qué?

–Pues porque me tratas como si fuera un hombre corriente. Y, cuando tú estás, no hay caos a mi alrededor.

–Qué tierno –Gail se sonrojó.

Pero Russell se sintió como un perfecto idiota. No quería ser tierno. Quería ser… lo que ella necesitara de él, y sabía por instinto que no era eso. Se le estaba escapando el tren.

–Lo siento.

–¿El qué?

Se quedó pensando un instante. Encontrar las palabras para decirle que sabía que no era el hombre que ella quería iba a ser más difícil de lo que creía.

–Por no… ¡demonios, no sé cómo decírtelo! Solo que desearía que mi vida fuera más normal para ti.

Siguieron caminando unos pasos más hasta que Gail se detuvo.

–Sé que no he sido demasiado comprensiva con las cosas que te han estado pasando, pero eso no significa que lamente haberte conocido, o las citas que hemos tenido.

–Bien, porque yo tampoco lo lamento.

Siguieron por la senda que cobraba pendiente y, cuando llegaron a la cumbre, Russell la besó. El equipo los estaba esperando y lo grabaron todo, pero no le importó. Había descubierto algo con Gail que no se esperaba, y no estaba dispuesto a que un cambio en su actitud lo echase a perder.

Era suya. Y ya era hora de que Gail y todos los demás lo supieran.

Gail se pasó la semana siguiente intentando relajarse con el fin de que sus temores se disiparan, pero fue complicado. Sabía que Russell no era la clase de hombre que necesitaría un servicio de búsqueda de pareja. Las últimas dos citas que habían tenido habían resultado divertidas, y se había enamorado de él un poco más, pero era el tiempo que pasaban lejos del foco de la cámara lo que le hacía preguntarse si era sincero, y lo que hacía crecer su preocupación. ¿Estaba viendo al hombre real, o al que él quería que viera?

–¿Por qué tienes el ceño fruncido? –le preguntó Nichole al sentarse junto a Gail y Willow en el Blue Fish. Era poco corriente que las tres amigas tuvieran ocasión de verse.

–¿Lo tenía?

–Ya sabes que sí, así que no me obligues a sacarte la verdad con una tenaza. Soy periodista y me gano la vida así precisamente.

–Lo sé. No estoy segura…

–No digas una palabra más –la interrumpió Willow–. Necesito una copa y no quiero perderme ni una coma –se levantó y fue a la barra.

–No te preocupes –le contestó Nichole–. Y tú no te creas que te vas a escapar sin contarnos qué está pasando, Gail.

–Ya lo sé. Este último mes ha estado lleno de acontecimientos.

–Para mí también. He estado haciendo una in-

vestigación sobre Matchmakers Inc., y he convencido a mi jefe para que me deje escribir una historia sobre Conner MacAfee. ¿Lo conoces?

—Sí. Russell y él son amigos.

—¿Qué me he perdido? –preguntó Willow al volver a la mesa con una ronda.

—Nada –respondió Gail sonriendo–. Nichole va
a investigar a Conner MacAfee.

Willow se sentó al lado de Gail y dejó las copas
de vino sobre la mesa.

—Estoy agotada.

—Siempre lo estás –replicó Gail.

—La producción de un programa es muy estre-
sante. Russell y tú habéis estado genial.

—Gracias. Lo hacemos lo mejor que podemos.

—Bueno, volvamos al punto en el que estabais
antes de mi interrupción.

Gail tomó un buen sorbo de su Pinot Grigio, y
dejó que el vino le calmara los nervios.

—No sé de qué estábamos hablando.

—Mentirosa –replicó Nichole–. Tenías el ceño
fruncido y está claro que hay algo que no te cua-
dra.

—Es que… es que no quiero hablar de ello.

—Tiene que ser cosa de Russell. Háblanos de él.

—A lo mejor debería grabar esto para el programa –sugirió Willow, y Gail le dio una patada por
debajo de la mesa.

—¿Es que no puedo tener una sola cosa en mi
vida que sea solo mía?

—Era solo una sugerencia –protestó Willow–. Ya
sabes que él es un hombre público.

Gail se recostó en la silla.

–Eso es parte del problema. ¿Hasta qué punto lo que está haciendo es por mí, y en qué medida es por el programa?

Willow apoyó los codos en la mesa y puso su mirada de ébano en Gail.

–Firmó con Matchmakers Inc., lo mismo que tú. Y nosotros no pedimos que fuera él, sino que la empresa lo eligió para ti.

–¿Por qué?

Russell se lo había explicado, pero le costaba trabajo creer que un hombre tan dinámico como él fuese la pareja perfecta para ella. No se parecían en nada: eran como el aceite y el agua, y esa no le parecía la mejor forma de vivir.

–No lo sé, pero de lo que estoy segura es de que, cuando os veo juntos, me parecéis una pareja que funciona. ¿De verdad crees que tus temores se basan en Russell, y no en tus dudas sobre los hombres en general?

Gail no podía contestar a la pregunta. Sabía que tenía dificultades en general con los hombres, y quizás en el caso de Russell, estaba haciendo una montaña de un grano de arena.

–Por eso estoy preocupada, Nic. No consigo entenderlo. Lo mire por donde lo mire, sigo sintiéndome insegura.

Nichole le dio unas palmaditas en la mano.

–No te culpo. Precisamente por eso he dejado yo de buscar pareja.

–Sí, ya. Pues la otra noche te vi en el club con un tío que estaba como un queso –repuso Willow.

–Eso es sexo, señoritas. No pareja –Nichole se rio.

Gail movió la cabeza. Nichole era una mujer desinhibida que tenía un *joie de vivre* que ella nunca había tenido.

–Tú encajarías mejor con Russell que yo.

–De eso nada. Nos aburriríamos el uno del otro en un abrir y cerrar de ojos. El sexo es un lazo temporal. Lo que vosotros estáis construyendo, o queréis construir, es una relación. Para eso hace falta otra cosa.

–Hace falta confianza –dijo Gail. Y ese era el problema. Si pudiera confiar en Russell y olvidarse de sus dudas, no habría problema–. Pero ya vale de hablar de mí. Contadme cosas de vosotras.

–Como Willow ya ha soltado lo de que estoy con un tío que está tremendo, me temo que no tengo nada nuevo que contar.

–¿Y quién es?

–Un joven fotógrafo del periódico. Es español, y le gustan las mujeres maduras, según me ha dicho. Primero pensé: «Oye, que solo tengo treinta años». Pero luego me dije: ¡ya tenemos treinta años, chicas!

Gail se echó a reír.

–Eso ya lo sé.

–Yo también –dijo Willow–. Pero ni Gail ni yo vamos picando de flor en flor como si aún tuviéramos veinticinco.

–Oye, que una de nosotras tiene que estar disfrutando de la vida mientras las otras dos se matan trabajando. Podéis seguir con vuestra vida monástica por mí.

Gail se volvió a reír, que era lo que Nichole pretendía, pero en el fondo le preocupaba su amiga.

Mientras que ella llevaba escrito en la frente su falta de confianza, Nichole la ocultaba tras un muro de superficialidad y un estilo de vida que parecía despreocupado y algo salvaje. Pero Nichole tenía sus secretos, lo mismo que ella.

–¿Cuántas citas os quedan? –preguntó Nichole.

–Dos. Estamos acabando, y por un lado, me alegro.

–¿Vas a seguir viéndolo? –quiso saber Willow.

–Sí. Creo que sí. Ha estado muy ocupado con un asunto de negocios y la mala prensa que le ha creado Penny, así que estamos deseando poder disfrutar de un poco de tranquilidad cuando haya acabado el rodaje.

–Eso está bien –respondió Willow–. Queremos ver un romance de los buenos al final. Los otros productores le están presionando para que te pida que te cases con él.

Gail tragó con dificultad. No estaba segura de querer que eso ocurriera ante las cámaras.

–No me parece bien.

–Lo sé. Russell ha dicho que te lo pediría cuando estuviera preparado para hacerlo.

Gail se sintió un poco mejor, y el miedo que la había estado acosando cedió un poco. A lo mejor Russell y ella estaban hechos de verdad para estar juntos.

Capítulo Doce

Las noches de póquer con los colegas era siempre una de las ocasiones favoritas de Russell, pero tenía una cita con Gail y, por primera vez, estaba deseando que acabase la partida. Deseaba pasar cada minuto que tenía disponible con ella. De hecho, apenas podía pensar en otra cosa. Y gracias a los productores de *Sexy and Single*, ahora solo era capaz de pensar en pedirle que se casara con él.

No sabía si seis citas bastaban para poder pedirle que pasara el resto de su vida con él. No estaba completamente convencido de querer comprometerse con Gail ya porque era consciente de lo ocupado que estaba, y sabía que, si le pedía matrimonio, ella esperaría que fuese un buen marido.

La partida de aquella noche se había organizado en el ático de Conner con el dueño, Gerald McIntyre y Les Wells. Gerald y Les eran amigos de Conner. Salieron afuera a fumar después de llevar una hora jugando y Russell se planteó dejar la partida. Además, no estaba jugando como siempre. Le gustaba ganar, como en todo lo demás, pero estaba distraído.

Aún no estaba seguro de haber comprendido del todo lo que ella buscaba en su hombre perfecto. Además, ¿cómo conjugar eso y la nueva organización de su empresa que parecía ir viento en popa? Menos mal que por lo menos tenía preparado un pequeño regalo de agradecimiento por el papel que había tenido en conseguirlo.

–Por mucho que mires el reloj, el tiempo no va a pasar más deprisa –le dijo Conner.

–¿Tanto se me nota?

–Sí. ¿Por qué tanta prisa?

–Por una mujer.

–¿Gail?

–Sí.

–Bien. Deduzco que estás contento con el trabajo de la agencia.

–Mucho. Jamás habría imaginado que una entrevista y un cuestionario pudieran dar ese resultado.

Conner se rio.

–Te sorprendería saber cuántas cosas más tienen que hacer para que funcione.

–¿Es que tú has tenido algo que ver en los emparejamientos?

–Nada de nada. Mi asistente dice que carezco de la intuición necesaria. ¡Hasta mi abuela me lo decía! El negocio lo heredé de ella.

–¿Y te lo creíste?

–Por supuesto. ¡Casi no sé lo que quiero yo, como para saber lo que quiere una mujer! Lo que no entiendo es cómo te está yendo tan bien con Gail. ¿Por qué quieres renunciar a tu vida de soltero?

Russell no sabía hasta qué punto podía ser sincero, pero no debía olvidar que estaba hablando con Conner, y su amigo bien podía estar pasando por su misma situación.

–Pues porque empezaba a aburrirme. Después de tantos años saliendo con mujeres, todas empezaban a parecerme la misma, y quería algo distinto.

–Entiendo. A veces pienso que yo también debería probar –afirmó Conner.

–Pues sí.

–Mi madre dice lo mismo –respondió Conner, enarcando las cejas–. Está deseando tener nietos. ¿Tú tienes hijos?

–No.

–¿Y qué hay de verdad en esas demandas de paternidad?

–Solo han sido acuerdos económicos para ayudar a las madres. Yo no soy el padre.

–¿Y por qué has hecho eso?

–Porque las madres eran amigas mías que necesitaban que alguien las ayudara, y yo podía hacerlo.

–¿En serio?

–Bueno, la verdad es que lo hice para ayudar a mi negocio. Estaba empezando cuando presentaron la primera demanda. Acababa de ganar mi primer millón, y el juicio atrajo gente a los Kiwi Klubs como no te puedes imaginar. Pero los niños no son míos.

Aquello le hizo pensar que en algún momento tendría que decirle a Gail que era estéril. Pero en aquel instante tenía problemas más acuciantes.

Conner miró hacia la puerta de cristal que daba acceso a la terraza como si quisiera asegurarse de que seguían estando solos.

–¿Y por qué no haces eso mismo con Penny?

–Porque ella insiste en que el niño es mío, y no lo es. En cuanto sea sincera conmigo, la ayudaré.

–¿Lo sabe ella?

–Yo ya se lo he dicho.

–¿Y qué piensa Gail? Supongo que no debe de hacerle mucha gracia que le des dinero a Penny.

La verdad era que no hablaban mucho de Penny. Se habían enfrentado a los paparazzi cuando había sido necesario, y Gail le había ofrecido consejo profesional, pero había sido sincero con ella.

—Creo que no le preocupa demasiado. Ya hemos hablado de Penny y de las anteriores demandas.

Conner movió despacio la cabeza.

—Eres mejor hombre que yo.

—Lo dudo.

—Yo nunca habría llegado a un acuerdo en una demanda de paternidad. Mi madre perdería la cabeza. Querría criar a los niños en la familia.

—Esa es la diferencia que hay entre tú y yo. Tú has nacido con una cuchara de plata en la boca y tienes a varias generaciones de tu familia esperando a que les des un heredero. Yo soy hijo de un difunto ranchero. Nadie cuestiona mis decisiones.

—Te envidio. Me gustaría poder librarme algún día de mi familia y mi apellido, pero mi madre no podría soportarlo.

—¿Sigue mal de salud?

—No, pero mi hermana y yo somos todo lo que le queda. Y confía en mí más de lo que te puedas imaginar.

A veces Russell envidiaba su legado. Su familia tenía una gran mansión en los Hamptons, y Conner se sentía muy orgulloso de la historia de sus antepasados. Eso era lo que esperaba conseguir con Gail. Pero era consciente de que no habría hijo al que pasar la herencia, y eso le preocupaba un poco porque, a medida que iba conociendo a Gail y hablaban sobre Penny, se daba cuenta de que ella querría tener algún día una gran familia.

–Me alegro de que os tengáis el uno al otro, tu hermana y tú.

Conner asintió, pero el resto de jugadores volvió a entrar y reanudaron la partida. Russell no se sentía tan ansioso como antes por ir junto a Gail, ya que, por primera vez, temía no tener una mano ganadora con ella.

Gail dejó a sus amigas y volvió a casa. Russell le había preguntado si podían verse aquella noche, y ella le había dicho que sí. Había conseguido no volver a acostarse con él, y no porque no lo deseara, sino porque temía que, de volverlo a hacer, tendría que admitir que se había enamorado de él.

Informó al portero de noche que Russell llegaría al portal y le pidió que le dejase subir. En el último mensaje le había dicho que en diez minutos saldría para allá, así que tenía poco tiempo.

Se habían visto poco en la intimidad y no había querido negarse la ocasión de volver a verle.

A pesar de lo que les había dicho a Willow y Nichole, no tenía ni idea de si Russell y ella se seguirían viendo cuando el programa terminase. Sospechaba que los dos querrían seguir adelante con las citas, pero ambos estaban muy ocupados, y ella sabía que tenía miedo de dejarle entrar en su mundo. Seguía dándole miedo confiar en él, y estar enamorada… estarse enamorando no iba a ayudarla en absoluto.

Entró en su piso y encendió las luces del salón. Se quitó los zapatos en el dormitorio y caminó descalza un momento por la habitación. Sus sueños habían ido cambiando en las últimas cuatro semanas, a medida que iba conociendo mejor a Russell. Ahora, en lugar de tener que conformarse con aquel hombre sin rostro con el que llevaba años soñando, veía a Russell a su lado. Lo veía como el marido y el padre en su imagen perfecta de familia.

Sonó el timbre y sintió que el corazón se le aceleraba. Abrió la puerta. Russell llegaba oliendo ligeramente a tabaco y con el pelo revuelto, pero al verla sonrió y entró para abrazarla.

La besó apasionadamente, y las dudas que la habían acosado desaparecieron. Había echado de menos su contacto, pensó, cerrando los ojos y apoyando la mejilla en su hombro. Cuando estaban separados era fácil alimentar las dudas, pero, cuando estaba en sus brazos, se sentía como quien encuentra algo que lleva mucho tiempo buscando. Tenía miedo de admitir que estar en sus brazos era como haber llegado a casa por fin.

–Así está mejor. No me puedo creer que hayan pasado ya dos semanas desde la última vez que te tuve así.

–Yo tampoco. ¿Quieres una copa? –le preguntó, entrando en el salón.

–No. Lo que quiero es tenerte en los brazos. Lo he echado mucho de menos, preciosa.

–Yo también te he echado de menos. Pero sé que has estado muy ocupado. Cada alerta que me ha llegado del trabajo tenía tu nombre o el de Penny en alguna línea.

–Lo sé. Sigue adelante con su plan de responsabilizarme de su embarazo.

–¿Se ha hecho…?

–No quiero hablar de ella. Siento interrumpirte,

pero tengo buenas noticias –le dijo con una sonrisa.

–¿De qué se trata?

–Malcolm ha aceptado mi oferta y me vende sus acciones. En poco tiempo, un par de meses quizás, tendré el control de Family Vacation Destination.

–El nombre es espantoso. Vas a tener que cambiárselo –dijo Gail, sonriendo–. Enhorabuena. Sé que es lo que querías.

–Sí, cambiaremos el nombre –contestó él, al tiempo que se sacaba algo del bolsillo–. No habría convencido a Malcolm sin tu ayuda, y quiero darte las gracias.

Y le ofreció una pequeña caja de terciopelo azul.

–Me basta con las gracias, Russell. No tienes por qué regalarme nada.

–Acéptalo, por favor. Quiero que sepas que tu ayuda con Malcolm y Ashley ha tenido un gran peso a la hora de conseguir cerrar el acuerdo. Y no tiene nada que ver con nuestro cortejo.

–En ese caso, lo acepto encantada.

Tomó la caja de color azul claro de Tiffany y la abrió. Dentro, había otra caja de terciopelo. La sacó y la abrió. Había unos pendientes de perlas negras rodeadas de brillantes. Eran preciosos. Hacía mucho tiempo que no recibía un regalo de esa naturaleza por parte de un hombre.

–Gracias, Russell.

–De nada. Póntelos.

Se los colocó y se apartó la melena para que pudiera vérselos.

–Te quedan preciosos, aunque eso ya lo sabía yo. Sé que las citas del programa se están acabando. Bueno, aún hay dos más, pero no quiero dejar de verte después.

–Bien. Pero los dos estamos muy ocupados.

–No lo bastante. Sé que tuviste tus razones para acudir al servicio de búsqueda de parejas, y creo que no han cambiado, ¿no?

–No.

–¿Crees que puedo ser tu señor Perfecto?

Gail no sabía qué decir. Le hubiera gustado poder contestar que sí, pero aún dudaba.

–Supongo que eso significa que no.

–Eres el hombre perfecto a mis ojos ahora, pero tengo miedo, Russell, porque no sé si confío en ti por tu encanto o porque de verdad eres quien pareces ser. Y no quiero sufrir.

–¿En qué sentido soy ahora diferente del hombre al que viste la primera vez? ¿Es que no te has dado cuenta de que ya no soy el mismo hombre que encadenaba una mujer tras otra?

–Sí, claro que sí, y lo que ha cambiado es que ahora siento algo por ti, y no quiero correr el riesgo de que me desilusiones.

–Entonces, déjame quererte. No voy a desilusionarte, Gail.

Ella negó con la cabeza, pero Russell la besó y, cuando hicieron el amor en el sofá, todas sus objeciones desaparecieron. En lo único que podía pensar mientras la abrazaba era que quería permanecer para siempre en sus brazos, fueran cuales fuesen las consecuencias.

Capítulo Trece

Hacía mucho tiempo que no se quedaba un hombre a dormir en su casa. Y Russell no era un hombre cualquiera. Sus sentimientos hacia él eran cada día más intensos, y no sabía muy bien cómo actuar a la mañana siguiente. Tenía los temores habituales: al mal aliento, al pelo revuelto, y por supuesto, a la ausencia total de maquillaje. No tenía una piel magnífica como la de su amiga Willow, y normalmente se despertaba con las arrugas de la almohada en la cara.

A lo mejor podía levantarse sin despertarle, ponerse algo más presentable y volver a acostarse.

—Buenos días —sonó la voz grave de Russell bajo su mejilla.

Estaba acurrucada contra su cuerpo, con la cabeza apoyada en su pecho. Había sentido sus brazos rodeándola toda la noche, y se había encontrado maravillosamente bien.

—Buenos días —respondió sin mover la cabeza—. Tengo que ir a hacer café.

—¿Tienes? ¿Por qué? —preguntó él, acariciándole arriba y abajo un brazo.

—¿No te apetece?

Qué poca práctica tenía en lo de despertarse con un hombre en la cama.

—Sí, pero yo lo preparo. No es que anoche viera mucho la casa, pero encontraré la cocina.

160

–De acuerdo.

Y por fin alzó la cara para mirarle. Russell se acercó a besarla con movimientos lentos, pausados, hasta que los ojos se le cerraron y todos los miedos que la habían rodeado se disiparon.

Russell le recorrió la espalda con las manos y empujó suavemente sus nalgas.

–Me gustas nada más despertar.

Y la abrazó con fuerza. Ella suspiró.

–Un hondo suspiro ha sido ese.

–Lo sé.

–¿Qué te preocupa?

–Todo.

Él se rio.

–¡Vaya por Dios! ¿Es que ya te despiertas preocupada?

–Pues sí –admitió ella–. No es que me guste, pero soy así.

–Necesitas el hombro de un hombre en el que poder apoyarte y dejar de preocuparte tanto.

–Es cierto –admitió, mirándolo. Quería creer que él era ese hombre, pero aún no estaba al cien por cien segura, y dudaba que alguna vez pudiera estarlo.

–¿Qué voy a tener que hacer para demostrarte que soy ese hombre?

–Ojalá lo supiera. Sigo esperando que la sensación de vértigo que tengo en el estómago se calme.

–Eso es excitación. No deberías querer que se te pase.

Pues sí que quería. No le gustaba tener la sensación de estar atrapada en un huracán, y así exactamente era su vida con Russell.

–No estoy tan segura.

–Lo sé. ¿Por qué no te preparo un café mientras te duchas, y luego compartimos un taxi hasta tu oficina?

–¿Por qué a mi oficina?

–Porque hoy vas a ir al trabajo acompañada por tu amante.

Sabía que era una tontería, teniendo en cuenta el tiempo en que vivían, pero la palabra «amante» aún le provocaba un estremecimiento ilícito.

–¿Por qué aguantas mis dudas?

–Porque yo también las tengo, y hasta que no las hayas superado, sé que no estaremos donde debemos estar para dar el siguiente paso.

Mordiéndose un labio se incorporó, cubriéndose con la sábana.

–¿A qué te refieres con lo del siguiente paso?

–Me refiero al matrimonio. No veo que tengamos futuro solo como amantes. Sé que tú quieres más, y creo que yo también.

–¿Lo crees? Pues yo no voy a acceder a casarme contigo mientras tú no lo tengas claro. La gente que se siente atrapada en una relación acaba por destrozarla.

Russell asintió.

–Sospecho que por eso sigues aún preocupada por mi nivel de compromiso, y yo no estoy seguro aún de lo que es.

–Creo que tienes razón –contestó ella. Se sentía mejor con él de lo que se esperaba al despertarse aquella mañana–. Esto… me he olvidado del pelo. ¿Está muy descontrolado?

–Mucho –contestó Russell con una sonrisa–,

pero me encanta. Como si hubieras pasado una noche estupenda.

Gail le dio un pellizco en el brazo.

–¡Que tú debes decir que no!

–¿Por qué, si al final vas a acabar viéndote en el espejo? Además, me gustas así. Así eres tú de verdad, sin maquillaje. Eres solo Gail Little, y me gustas.

Esas palabras bastaron para que se olvidara de las preocupaciones con que se había despertado. La verdad era que siempre encontraba el modo de decir lo acertado para conseguir que se sintiera cómoda aun en los momentos más extraños.

–Gracias.

–Gracias a ti por esta noche y por el último mes. Cuando acudí al servicio de búsqueda de parejas, sinceramente creía que no iba a encontrar nada distinto de lo que ya había experimentado. Pero me has sorprendido, preciosa.

–Tú también a mí.

–Espero que para bien.

Ella se quedó mirándolo un rato antes de contestar.

–Eso creo.

–Me voy a desmayar con tanto piropo –bromeó, levantándose de la cama en su gloriosa desnudez–. A lo mejor con un café me gano mejor tu corazón.

–Quédate ahí de pie un momento y a lo mejor lo consigues.

–¿Así?

Se volvió hacia ella con las manos en las caderas. Gail lo miró de arriba abajo y solo pudo asentir.

Era un hombre muy atractivo, y aquella mañana se sentía muy afortunada de poder decir que era suyo.

En realidad, Russell no sabía qué iba a hacer con Gail. Los productores del programa querían que tuviera algún gesto romántico para su última cita, y él quería cumplir con sus obligaciones para con ellos, pero lo que él de verdad quería era sorprenderla. Desafiar sus expectativas.

Había entrado en el programa y en la base de datos del servicio de búsqueda de pareja con la idea de encontrar a un hombre que se casara con ella, y él sabía que no era el tipo con el que quería pasar el resto de su vida… o al menos no lo había sido en un principio. Y para ser justo, él había obtenido de ella lo que quería al acceder Malcolm a venderle sus acciones. Pero no estaba preparado aún para alejarse de ella.

Lo que le había dicho antes era de verdad lo que pensaba: que no se imaginaba a ambos simplemente viviendo juntos. Necesitaba saber que estaba ligada a él, y que nada de su pasado iba a interponerse entre ambos y alejarla.

Oyó que cesaba el ruido del agua de la ducha y él aún no había terminado de preparar el café. Gail le hacía cuestionarse cosas que él siempre había dado por sentadas. Por ejemplo, aquella mañana… nunca había tenido que calmar las preocupaciones de una mujer tras pasar una noche con él. Pero ella era distinta. Con cada día que permanecían juntos, se iba dando cuenta de lo distintos que eran.

–¿Quieres darte una ducha? –le preguntó desde la puerta del baño. Se había puesto un traje de verano y se había recogido el pelo hacia atrás, tirante. Su aspecto no podía ser más diferente del que tenía al despertarse aquella mañana en su cama. Ni aunque se hubiera rapado el pelo parecía más diferente. Su aspecto era impecablemente profesional, mientras que él seguía en calzoncillos.

–Supongo que sí. A este paso no voy a conseguir hacer el café.

–No te preocupes. Me ocupo yo mientras tú te duchas.

Había una torpeza entre ellos que ella parecía sentir también. No estaban lo bastante unidos para que aquellos rituales íntimos les resultasen cómodos, pero él deseaba estarlo. Sabía que necesitarían empezar a despertarse juntos todas las mañanas para poder hacerse una idea de lo que iba a haber entre ellos.

–¿Has vivido antes con algún otro hombre?

–No. Yo… no he encontrado a nadie con quien haya querido compartir mi vida.

–Yo tampoco. Aunque han vivido varias mujeres en mi casa, nunca me he sentido como hoy.

Gail sonrió tímidamente.

–¿Y eso es bueno?

–Sí que lo es –respondió él.

Llevaba puestos los pendientes de perlas negras que le había regalado, y parte de sus propias dudas desaparecieron. Se conocía lo suficiente para saber que no pararía hasta hacerla suya por completo. Ahora que sabía ya que no podría conformarse con menos, que tenía que casarse con ella, iba a hacer lo que estuviera en su mano para que eso ocurriera.

–No necesito café –dijo.

–Pues yo sí. Soy un desastre hasta que no me he tomado uno.

–De acuerdo. Voy a traerme algunas cosas para que pueda afeitarme cuando me quede aquí por las noches.

–¿No crees que deberías preguntar antes?

Se acercó a ella en dos zancadas y, sujetándola por las caderas, la apretó contra su cuerpo, obligándola a echar hacia atrás la cabeza para mirarlo.

–No, porque te me ibas a poner difícil.

–Cierto –admitió Gail, sonriendo–. Creo que todo el mundo te lo ha puesto todo demasiado fácil hasta que me conociste.

Apretándole las nalgas la besó largamente en la boca. Su erección despertó de nuevo y, tomándola en brazos, la trasladó al dormitorio.

–Acabo de vestirme –protestó ella.

–¿Quieres que pare? –le preguntó, acariciándole la cara al dejarla en el suelo. Tenía unas facciones delicadas, pero dado que solía actuar con tanta energía, no se había dado cuenta hasta aquel momento.

–No. Ha sido una… tontería.

–Bien, porque he querido hacerte el amor desde que nos hemos despertado, pero parecías tener tantas ganas de levantarte de la cama…

–Es que no sabía muy bien qué hacer. Hacía mucho que un hombre no se quedaba a dormir.

–Me alegro. No me gusta la idea de compartirte con nadie más. Ni siquiera con un recuerdo.

Ella lo miró muy quieta, con una inmovilidad que sabía que significaba sinceridad en ella.

–No podría compararte con nadie.

Su ego y su erección crecieron con aquellas palabras. La tumbó sobre la cama y se colocó a su lado para decirle con sus caricias lo mucho que significaba para él.

Despacio, comenzó a desvestirla, y se encontró con otro conjunto increíblemente sexy de braguita y sujetador. Debía de ser él quien había despertado aquella sexualidad latente que ella ocultaba bajo sus trajes conservadores y el pelo recogido. Pero él deseaba tenerla salvaje y deseándole.

Y se dispuso a excitarla hasta que ella le rogó que la tomara. La colocó sobre sus piernas para que pudiera montarlo, con su espesa melena envolviéndolos como si fuera un velo y sus pechos saltando con cada movimiento de cadera. Levantó la cara y se llevó a la boca uno de sus pezones, y sintió que sus músculos se tensaban, envolviéndolo. Empujó con las caderas y alcanzó el orgasmo murmurando su nombre.

Cuando los dos quedaron agotados, ella se dejó caer hacia delante en sus brazos, apoyando la cabeza en el hueco de su cuello. Russell la abrazó con más fuerza de la que pretendía, y supo en el fondo de su alma que no iba a dejarla marchar.

Se ducharon y se vistieron juntos. Gail intentó que la alegría que la inundaba no se notara demasiado, pero era difícil de lograr. Russell había resultado ser absolutamente perfecto para ella de un modo que no se habría podido imaginar.

En el ascensor le apretó el brazo contra sí y sonrió.

–¿Y eso? –preguntó él?

–Porque sí –contestó. Todavía no estaba preparada para admitir lo que acababa de reconocer ante sí misma. Le quería. Era un sentimiento sobrecogedor, y cuando lo miraba lo veía reflejado en los ojos de él. Podía ser un millonario de la jet set, pero también era el hombre que se la había ganado con su sinceridad y su encanto.

Él le devolvió el gesto.

–¿Estás bien?

–Muy bien.

Haber admitido al fin lo que sentía por él acabó con las dudas para las que no tenía respuesta. Era como si preocuparse por él hubiera sido el modo de enmascarar lo que de verdad sentía.

Llegaron al vestíbulo y Russell la invitó con un gesto a salir delante. Se volvió a sonreírle mientras el portero abría la puerta de la calle, y sin querer tropezó. Russell se apresuró a sujetarla.

Un millón de flashes explotó en torno a ellos.

Una cacofonía de palabras los asaltó, y cámaras, micrófonos y paparazzi los rodearon. No entendía una sola palabra de lo que les decían y Russell la abrazó para guiarla al coche que esperaba. Su chófer tenía la puerta de atrás abierta y la hizo entrar. La puerta se cerró tras ellos y en el interior se hizo un silencio casi prodigioso.

–¿De qué iba eso? –preguntó ella, deslumbrada y algo asustada.

–Voy a enterarme ahora. Lo siento, Gail, pero tengo que irme a la oficina.

–No te preocupes. Basta con que me dejes en la mía.

–Quería dedicarte esta mañana.

–No pasa nada –mintió. Estando solos en su casa, había sido fácil fingir que estaban hechos el uno para el otro, pero aquella era la primera vez en su vida que se había visto rodeada por una marea de fotógrafos, y sabía que en la vida de Russell era de lo más normal. No se había parado a pensarlo. Había estado viviendo en una burbuja de su propia creación, y ya era hora de que se tomase en serio sus propios sentimientos.

Querer a Russell no iba a ser precisamente un camino de rosas, y estaba empezando a darse cuenta de que acarrearía más complicaciones de las que se podía imaginar a simple vista. Se había puesto a hablar por teléfono, y ni siquiera fingió no estar escuchando la conversación.

–Estaban en la puerta de su casa, Dylan. Quiero saber quién les ha filtrado la información.

Estaba enfadado. Se le veía tenso y la mano libre estaba apretada en un puño, y aquello le hizo comprender que verdaderamente era importante para él. Saberlo la calmó. Tenía razón al decir que necesitaba a alguien… bueno, a él, para que se ocupara de resolver las cosas que le preocupaban.

Y sus temores anteriores sobre cosas como el pelo o el aliento mañanero revelaron su inconsistencia frente a aquello. Lo que de verdad debería preocuparle era lo distintos que eran sus estilos de vida, como al principio. Pero Russell la había envuelto y mimado de tal manera que había conseguido hacerle olvidar lo distintos que eran.

Sintió el escozor de las lágrimas tras los párpados y giró la cara mientras buscaba las gafas de sol.

No importaba cómo les había llegado la información. Ahora que había visto aquella marea sabía que, a pesar de lo que sentía por él, ella no podría vivir así. No quería volver a pasar por esa situación.

–¿Estás bien?

–No. Lo siento, Russell, pero no puedo asimilar esto.

–No pasa nada. Encontraré a quien filtró tu dirección y nos ocuparemos de ello. No volverán a molestarte.

–No creo que puedas controlar algo así.

–Haré lo que sea con tal de que te sientas segura. Creo que lo mejor sería que te vinieras a mi casa de momento, y contrataré a un guardaespaldas para que te acompañe.

Ella negó con la cabeza.

–A partir de ahora no será tan horrible.

–No importa. No puedo hacerlo, Russell. Es lo que intento decirte. Deja el guardaespaldas y las amenazas para los paparazzi. No pienso seguir formando parte de tu vida.

–No puedes decidir eso unilateralmente. Los dos estamos en esta relación y ambos tenemos algo que decir, ¿no?

–Lo sé. Es que hoy me he dado cuenta de que no importa cómo seas conmigo en privado, porque siempre voy a tener que estar enfrentándome a tu pasado, y no estoy hecha para eso, Russell. Quiero ser yo misma. Quería que lo que siento por ti pudiese con todo, pero no es así... no puedo.

–Cobarde. Lo que estás haciendo es utilizar una excusa porque tienes miedo de que te haga daño, sin darte cuenta de que lo que estás haciendo en realidad es huir, parapetarte detrás de las barreras que has erigido para mantenerte protegida. Pero no te das cuenta de que lo que estás haciendo en realidad es esconderte.

–Puede que tengas razón. Tenía miedo, y en realidad pensaba que… bueno, no importa. La verdad es que no soy la mujer idónea para ti, y tú no eres el mejor hombre para mí. Yo quiero tranquilidad contigo, y poder salir sin que nos persigan, o sin preocuparnos de que algo de tu pasado pueda resurgir de buenas a primeras e interferir en nuestras vidas.

Russell se pasó una mano por el pelo.

–Lo de Penny lo vamos a arreglar, y la amenaza que pueda suponer, desaparecerá. No hay nada en mi vida que pueda atraer la atención, y no quiero seguir sin ti.

–No puedo –insistió Gail, negando con la cabeza–. Dile al chófer que me deje ahí mismo –dijo al darse cuenta de que estaban dando vueltas a su edificio.

Russell hizo un gesto y el coche se detuvo.

–No me imaginaba que fueses de la clase de personas que huyen.

–Es curioso, pero yo siempre he sabido que sí.

Abrió la puerta, se bajó y echó a andar sin mirar atrás. Ni siquiera se dio cuenta de que lloraba hasta que no tomó el ascensor. Sabía que no solo se estaba despidiendo de su amor perdido, de tan corta vida, ni de la felicidad que había encontrado con Russell, sino que también lloraba por la muerte de los sueños que había albergado en secreto y que abarcaban toda una vida.

Capítulo Catorce

El hotel registraba una gran actividad cuando llegó al vestíbulo. El portero lo saludó y la gente le sonreía y le decía hola con la mano, pero Russell no estaba de humor para adoptar la imagen de propietario simpático. Estaba a punto de explotar, aunque no podría decir qué le había enfadado más: si el hecho de que Gail lo hubiera dejado plantado por algo tan ridículo, o que él se lo hubiera permitido.

Estaba harto de enfrentarse al lío que Penny había provocado, y al que ya era más que hora de ponerle fin. Había hecho cuanto había podido por ayudarla, pero no iba a permitir que Gail abandonara por ello la relación que estaban construyendo.

Entró en la oficina y se encontró a Dylan hablando, a Mitsy también, y a dos abogados esperando. Con un gesto los hizo pasar a su despacho, pero se dio cuenta de que antes de hacer nada, necesitaba conocer con exactitud los detalles de lo que se había publicado en los medios. Quería pelear, pero tenía que saber contra qué se enfrentaba.

—¿Sabes qué está pasando? ¿Por qué había una nube de fotógrafos esta mañana delante de la casa de mi novia? —le preguntó a Jack Monroe, su abogado principal.

—Según parece, Penny ha presentado una demanda pidiéndote una pensión compensatoria, alegando que no reconoces ni vuestra relación ni a su hijo. Le ha puesto por nombre Gail Little, el nombre de «la otra».

Aquello era peor de lo que se había imaginado.

–¿Qué posibilidades tenemos? Quiero pararla.

–Podemos hacerlo, pero no va a resultar una operación agradable No obstante, la señorita Thomson comprenderá que no vas a darle nada.

–Hazlo. Su demanda puede costarme la compra de una cadena de hoteles y a Gail. Quiero que la pares, y no quiero tener que volver a enfrentarme a algo así nunca más.

–Entendido. Prepararemos los documentos necesarios para pararla.

–Bien. No quiero saber nada de vosotros hasta que hayáis tenido resultados –zanjó, pero se dio cuenta de lo desagradable que estaba siendo–. No es culpa vuestra. Perdonad mi enfado.

–No pasa nada –contestó Jack–. Estamos acostumbrados a enfrentarnos con situaciones tensas.

–Gracias.

Los dos se marcharon, pero no había pasado ni un minuto cuando Mitsy entró.

–¿Qué ocurre? –le preguntó.

–Malcolm está al teléfono, y no precisamente contento. He estado aplacándolo lo mejor que he podido, pero no ha querido escucharme.

Russell asintió y le dedicó una sonrisa.

–Gracias. Hablaré con él ahora. Necesito que le envíes un ramo de flores silvestres a Gail. Luego te envío un mensaje con el texto que quiero que vaya en la tarjeta.

–Bien. ¿Algo más?

–Seguramente, pero no ahora.

Mitsy salió y cerró despacio la puerta tras de sí. Russell acudió al teléfono y descolgó. Una luz parpadeante indicaba que había una llamada en espera, e intentó dejar a un lado sus sentimientos por Gail para volver a ser un hombre de negocios. Podía conseguirlo. Había cenado y bebido con aquel hombre, y había conseguido que viera el mundo desde su perspectiva. Lo único que tenía que hacer era convencerle también de que aquel ataque de Penny no era más que agua pasajera bajo el puente.

–Holloway –contestó, incapaz de borrar la impaciencia de su tono. Después de todo lo que había hecho para asegurar a Malcolm que era un hombre nuevo, volvía a estar exactamente en el mismo punto en que estaba seis meses antes, cuando Malcolm se negó a venderle sus acciones.

–Demonios, muchacho… se te da de perlas enfadar a las mujeres, ¿eh? A ver, lo primero que queremos saber Ashley y yo es si Gail está bien.

Pues no, Gail no estaba bien, y sinceramente, sabía mejor cómo enfrentarse a la situación con Malcolm que lo que debía hacer para recuperarla.

–Está bien. Voy a contratar a un guardaespaldas para que mantenga a los paparazzi a raya.

–Bien pensado. Me imagino que todo lo que se dice por ahí de ti es mentira, ¿no?

–En primer lugar, ese niño no es mío, Malcolm, y Gail ya lo sabe. No estoy abandonando ni al niño ni a la madre. Habíamos terminado mucho antes de que yo conociera a Gail.

–Voy a necesitar más información antes de cerrar nuestro trato.

Malcolm dijo algo más, pero Russell había dejado de escuchar. Negocios. Iba a terminar más solo que la una si seguía dándole prioridad a cosas como aquella. Sí, quería conseguir un nuevo segmento del mercado, y su consejo de administración así se lo había pedido, pero antes tenía que poner en orden su vida personal.

–Malcolm… lo siento, amigo, pero tengo que ir a ver a Gail. Esto es un lío, y no puedo dejarla sola.

–Vaya. A lo mejor es verdad que has cambiado por esa mujer. Hablaremos luego.

Y colgó.

Russell salió del despacho.

–Olvídate de las flores, Mitsy. Voy a ir en persona. Dylan, te quedas de amo del castillo mientras vuelvo. Con la única persona con la que quiero hablar es mi abogado. No estoy para nadie más.

–De acuerdo, señor –contestó Mitsy.

–Nunca he sido antes el amo del castillo –objetó Dylan.

–Lo has sido mil veces, pero no te has dado cuenta. Tienes toda mi confianza, y estoy seguro de que puedes enfrentarte a cualquier cosa.

Salió sintiéndose un hombre nuevo. Aquella crisis había puesto en su debida perspectiva lo que era y lo que no era importante. No lo era aquel nuevo mercado de la industria hotelera. No lo era su reputación como integrante de la jet set. Lo era una mujer a la que le importaba un comino todo aquello.

Una mujer que le había hecho darse cuenta de que estar con ella era cuanto necesitaba, con la que esperaba que no fuera demasiado tarde para decirle, para convencerla, de cuánto la necesitaba.

***

Gail no podía estar enfadada de verdad, ni culpar a nadie por lo que había pasado aquella mañana. Había estado centrada en Russell y en dilucidar si era capaz de confiar en él y de obtener lo que buscaba de su relación hasta que, de pronto, todo eso había perdido su significado. Eran demasiado diferentes, y por muchas veces que salieran juntos, a pesar de las garantías que él insistía en darle, eso no iba a cambiar.

Se encontrarían siempre con algún detalle del pasado que afloraría en el presente para burlarse de la nueva vida que hubieran creído construir.

Lo único cierto era que no estaba hecha para tener marido y familia. Ahora lo veía. Tendría que confiar en otra persona, en un hombre, con cada fibra de su ser, y, si no podía confiar en Russell, a quien quería de verdad, debía admitir que lo más probable era que no estuviera hecha para confiar en nadie.

Su asistente, J.J., estaba sentado a su mesa cuando ella entró.

–Estás en todas las cadenas. Y a lo grande. Varios clientes han enviado correos con sus condolencias, y uno de ellos incluso se ha ofrecido para partirle la cara al fotógrafo que vuelva a molestarte.

–Gracias.

Se sentía herida, y no estaba segura de lo que debía hacer a continuación.

J.J. se levantó para darle un abrazo.

–¿Qué puedo hacer?

–No lo sé –respondió con sinceridad. Tenía que dejar de cuestionárselo todo. Ya encontraría el modo de enfrentarse a todo aquello–. No me vendría mal un té. Tengo unas cuantas llamadas que hacer. Necesito que te ocupes de lo que pueda surgir hoy. No quiero hablar con la prensa y no tengo nada que declarar respecto a Russell Holloway.

–No te preocupes. Si quieres irte a casa…

–No puedo. Saben dónde vivo.

Eso le dolía especialmente, porque su piso había sido para ella como un santuario. Era el lugar perfecto donde sentirse en casa, donde soñar. Pero ahora esos sueños habían quedado manchados para siempre.

–Vale. Tengo un amigo que tiene una casa en Long Island. Si quieres, lo llamo.

–Gracias, pero antes quiero ver lo que puedo hacer.

Quería que nadie supiera dónde se iba a marchar. A lo mejor se iba a casa de su abuela en Florida, con escasa cobertura de Internet, y sus abuelos se dedicarían a prepararle montones de comida y a darle montones de cariño. Y la tranquilidad del lago podría calmar su corazón destrozado.

Sabía que no podía culpar a Russell. Desde el principio había intentado evitar enamorarse de él. Pero ¿cómo evitarlo cuando tenía tantas cualidades de las que ella había deseado siempre en un hombre? Ahora sabía que había estado destinada a enamorarse de él desde el principio.

Su móvil sonó, y vio el rostro de Russell en la pantalla. Era la foto que les había sacado Kat el día del barco. Pulsó el botón rojo y se sentó en la silla de su despacho deseando que fuera fácil dejar de estar enamorada, abandonar el programa de su amiga y, por algún extraño milagro, poder seguir adelante con su negocio como si nada hubiera ocurrido.

Estaba siendo un poco melodramática, pero no le quedaba más remedio que permitirse aquellos minutos de depresión antes de trazar un plan.

Sacó su bloc de notas, tomó la pluma y decidió tratarse a sí misma como si fuera un cliente nuevo.

A ese cliente le aconsejaría que se alejara de los focos, y lo anotó. Le aconsejaría que intentara asegurarse de no volver a ponerse en esa situación. También lo anotó. Y no pudo evitar añadir que debía librarse de la influencia negativa. Pero no estaba segura de querer deshacerse de Russell.

Cerró los ojos e intentó recordar aquella mañana, cuando se dio cuenta de que lo quería. Pero reconocer los sentimientos no los hacía fuertes, ni los dotaba de realidad. ¡Dios, no estaba segura de poder sobreponerse!

Y es que una parte de sí misma no quería. Quería tener a Russell en su recuerdo… bueno, no. Lo que quería era tenerlo en su vida. Quería que fuese el hombre que había conocido, y no el que manejaban a su antojo antiguas novias y los medios de comunicación.

Trazó una línea en la página e intentó otro plan. Un plan que dejara arreglado el pasado de Russell de una vez por todas. Un plan que pudiera darle lo que quería de él.

No estaba segura de por dónde empezar, pero la última novia le pareció el mejor punto de partida. ¿Qué parte de aquel impulso se debería a la malicia, y qué otra a un corazón partido? Lo cierto era que no tenía ni idea de qué clase de persona era Penny Thomson. Era curioso que una persona a la que no conocía pudiera tener tanta influencia en su propia vida.

Lo que debía hacer era ir a visitarla. Pero antes de que le diera tiempo a buscar su dirección en Internet, la puerta de su despacho se abrió y apareció Russell.

Entró en su despacho. Cuando se conocieron le dijo que se había metido en aquella relación para ganar, y que quería que ganasen los dos. Quería tenerla a su lado cuando tuviera que enfrentarse a los problemas de su pasado o a los triunfos venideros.

Hablar por teléfono con Malcolm le había puesto las cosas claras. Quería a aquella mujer, y no solo para tenerla en la cama y en los brazos por las noches, sino en su vida. Episodios como el de aquella mañana no habrían tenido lugar si no hubiera dudado en hacerla suya, realmente suya.

–¿Qué haces aquí? –le preguntó.

–Es que antes no habíamos terminado de hablar.

–Yo diría que sí. No hay mucho más que decir.

–Hay mucho más. No me has dado la oportunidad de decirte la tontería que me parece que salieras huyendo.

Ella ladeó la cabeza mirándolo.

–Pues a mí me parece que sí me lo has dicho.

–Pero no era lo que de verdad quería decir.

–¿Y qué querías decir?

Russell cerró la puerta y respiró hondo. Nunca se había sentido tan vulnerable como en aquel momento desde la muerte de sus padres.

–No quiero que te alejes de mí. No puedo vivir sin ti.

–¿No puedes vivir sin mí, o no puedes hacer crecer tu negocio sin mí?

–En este momento, mi negocio me importa un comino. Malcolm me ha llamado, y le he dejado con la palabra en la boca diciéndole que tenía que arreglar antes las cosas contigo. Que su preocupación por mi reputación tendría que esperar.

–Pero has hablado con él.

–No. Y deja de retorcerlo todo para que yo acabe pareciendo el malo de la película, porque no lo soy.

Miró a Gail a los ojos y supo lo que tenía que hacer. Y lo que tenía que decir. Y esa certeza se acompañó de otra: que ella era la mujer que había estado esperando toda su vida.

–Te quiero –dijo. Unas palabras que le salieron sin tan siquiera planearlas.

Ella abrió los ojos de par en par y negó con la cabeza.

–Tú no me quieres. Hace solo unas horas…

–Hace unas horas, estaba intentando encontrar la manera de pasar más tiempo contigo. Por primera vez en mi vida, llegar a la oficina era lo que menos me apetecía hacer. No me importa ganar más dinero o ampliar mi negocio si no te tengo a mi lado. Tú haces que todo valga la pena.

–¿Ah, sí?

–Pues sí.

Rodeó la mesa y giró su silla para que quedase frente a él.

–No sé…

Russell tiró de ella y la abrazó.

–Es que… tengo miedo de creerte –continuó Gail–. Esta mañana me he dado cuenta de lo mucho que significas para mí… yo también te quiero, Russell.

La besó con toda la pasión y la determinación que llevaba dentro. Tenía tanto miedo de que su inexperiencia en el amor le hiciera decir o hacer algo equivocado… pero aquella mujer era Gail, y estaba empezando a darse cuenta de que la conocía bien.

Ella le rodeó la cintura con los brazos y apoyó la cabeza en su pecho.

–He estado pensando en lo que tenía que hacer, y había decidido solucionar tu problema con Penny.

Russell se sentó en la silla que antes ocupaba ella y la acomodó en su regazo.

–¿Has hecho una lista?

–Claro. Así funciono yo siempre. Aunque primero me he sentado aquí un rato a compadecerme a mí misma. Pero luego me he convencido de que tenía que hacer algo si no quería volverme loca.

Russell tiró del cuaderno y leyó su primera lista.

–Lo siento.

–¿El qué?

–Pues no haber sido completamente sincero contigo.

Vio que perdía el color de las mejillas y supo

181

que no había conseguido despejar todas las dudas de que él era su hombre perfecto.

–¿Qué más puede haber?

Intentó encontrar las palabras más adecuadas, o, mejor dicho, el modo de decirlas. Un modo de decirle que, si decidía quedarse con él, no podría tener su soñada familia. Pero no podía seguir ocultándoselo. No podía fingir ser algo que no era. Y si algo había aprendido del fiasco con Penny era que los secretos podían dañar seriamente el futuro.

–Soy estéril –confesó, optando por la sencillez.

–¿Perdón?

Le había oído perfectamente, pero con una mano en la garganta, se inclinó hacia delante.

–Sé que quieres tener tu propia familia…

–Por eso acudí a un servicio de búsqueda de pareja. Me queda poco tiempo para poder tener hijos. A lo mejor es el destino, que quiere decirme algo.

–¿Y adoptar?

Gail le sonrió con tristeza.

–Quizás, ya que no puedo desenamorarme de ti. Dios sabe que lo he intentado desde que me di cuenta de que no eras el mujeriego superficial que parecías ser.

–¿De verdad? –le preguntó, temiendo creerla–. Sé que podrías encontrar a alguien mejor que yo, pero te prometo que nunca encontrarás a un hombre que te quiera más que yo.

La fortuna le había sonreído encontrándola. Menos mal que los de la agencia habían tenido el buen sentido de escuchar no solo lo que él había dicho que buscaba, sino lo que necesitaba en su interior.

–Siento lo de esta mañana –le dijo.

–¿Cómo ibas a haber podido evitarlo?

–Debería haberte llevado a mi casa; allí habría podido protegerte mejor. Habríamos utilizado el aparcamiento subterráneo.

–Nos habrían estado esperando de todos modos –adujo Gail–. No podemos evitar lo inevitable. Creo que tienes que hablar con Penny.

–Ya he enviado a mis abogados a hablar con ella, y te prometo que no volverá a molestarnos. Voy a iniciar una nueva vida contigo, Gail, y los problemas del pasado van a quedarse ahí.

–¿Estás seguro de que es lo que quieres? Yo no voy a querer salir de fiesta todas las noches, por ejemplo. Solo has podido ver una parte de quien soy.

–Nos tomaremos el tiempo necesario para conocernos, pero lo más importante lo tengo seguro.

–¿El qué?

–Que te quiero y que tú me quieres. Todo lo demás vendrá por sí solo.

–¿Lo prometes?

Russell se perdió en sus ojos castaños antes de besarla en la boca.

–Lo prometo –dijo después–. ¿Me crees?

Ella, abrazándose a él por el cuello, le susurró al oído:

–Eres el único hombre al que creo.

Russell se echó a reír y la apretó contra sí. La buena fortuna había querido que encontrase a la única mujer del mundo capaz de hacer olvidar su mala reputación y de domesticar su corazón salvaje.

Epílogo

El último día de *Sexy and Single* llegó, y Gail experimentó una tristeza que no se esperaba. Russell y ella estaban viviendo juntos y trabajando por su futuro. Russell había firmado un acuerdo con Malcolm, que se había quedado impresionado por su decisión de anteponer su vida personal a su negocio cuando se arriesgó a colgarle el teléfono.

Gail también se había quedado impresionada. Sabía que Russell siempre iba a ser un hombre dedicado a su trabajo, pero era agradable saber que, cuando era necesario, la anteponía a ella.

Penny se escapó indemne tras su intento de utilizar a Russell para convencer al padre de su hijo de que se casara con ella, pero, cuando dejó de intentar encontrar quien la llevara al altar, se dio cuenta de que no iba a estar mal sola. Estaba entusiasmada con su bebé, e incluso llegó a presentarse en su casa a pedirle disculpas por haber sido una bruja… en sus propias palabras. Gail casi sintió envidia de ella.

Era casi la hora de empezar la grabación. Había pasado por maquillaje y peluquería, y entró en el lugar donde grababan sus declaraciones.

—Esta va a ser mi última cita con Russell, y a pesar de que las cosas no han salido como yo esperaba, el resultado no podría haber sido mejor. Y aunque un servicio de búsqueda de pareja puede no convencer a todo el mundo, a mí no ha podido irme mejor.

Y apagó la cámara.

Al salir, la condujeron a la misma sala donde se encontraron por primera vez, y recordar aquel día le hizo sonreír. Estaba tan convencida de que aquel playboy de tierras lejanas era el hombre menos adecuado para ella…. pero Russell había demostrado ser mucho más que un hombre que se había hecho a sí mismo.

Le indicaron que se sentara a la mesa que habían preparado para la cena. Había una botella de champán puesta a enfriar en hielo junto a la mesa. Miró a su alrededor y vio a Willow, que la saludó con la mano, y al resto del equipo de grabación, pero Russell no estaba aún.

Entonces entró vestido con chaqueta blanca de etiqueta y pantalones negros. Su sonrisa adquirió una potencia de mil vatios cuando sus miradas se encontraron, y se fue directo hacia ella.

—¡Acción! —gritó Willow.

Desde luego la cámara era algo que no iba a echar de menos. Aun así, sonrió a Russell cuando llegó junto a la mesa.

—Nunca pensé que llegaríamos hasta aquí —dijo él.

—Yo tampoco. Creía que ibas a ser el que acabara con mi sueño de encontrar marido.

—Supongo que eso quiere decir que he ganado —respondió con una sonrisa pícara.

—Yo lo veo más como que hemos ganado los dos.

–Aún no –contestó Russell, e hincó una rodilla en el suelo, junto a su silla. A continuación tomó su mano y la besó en el dorso–. Gail Little, ¿me harás el honor de ser mi esposa?

–¡Sí! –respondió ella, abrazándolo sin reparos.

Él la alzó por la cintura para ponerla de pie y devolvérselo, y se besaron. En ese abrazo iban todas sus esperanzas para el futuro y el amor de ambos.

Russell se separó un poco para sacar una caja que llevaba en el bolsillo, de la que extrajo un anillo con un precioso diamante de talla marquesa que le colocó en el dedo.

–Detesto admitirlo, pero los de la agencia sabían lo que se hacían con nosotros dos.

–Estoy de acuerdo.

Se sentaron para cenar, y Gail no se soltó de la mano de Russell en todo el tiempo. Cuando Willow por fin dejó de grabar, suspiró aliviada. La tele no era lo suyo.

–Pareces aliviada –comentó su amiga, acercándose a ella una vez le hubieron quitado el micrófono y mientras le quitaban a Russell el suyo.

–Y lo estoy. No es que lamente haber grabado el programa, porque no habría conocido a Russell, pero me alegro de que haya terminado ya.

–Ya lo veo. Gracias.

–¿Gracias por qué?

–Por permitirme convertir tu idea de acudir a una agencia en un programa.

–¿Tenía elección? –le preguntó con una amplia sonrisa. No podía evitar sonreír porque, sencillamente, era feliz.

–No –respondió Willow, riéndose–. Pero no pensaba que fuese a funcionar, la verdad. Otras cosas me han sorprendido antes, pero ¿un servicio de búsqueda de pareja? Ni Russell ni tú me parecíais personas para eso.

Gail estaba de acuerdo.

–Russell dice que cada uno somos la pieza que le falta al otro.

–¡Qué bonito! Os complementáis –intervino Nichole con sarcasmo al acercarse a ellas.

–Y es cierto. No me importa si suena cursi.

–Estoy de acuerdo. Es que me das envidia.

–¿Envidia, tú? ¿La chica que más novios ha tenido en un área de tres estados? ¿Nubarrones en el paraíso?

–No. Solo envidia. A veces desearía tener a un hombre permanente en mi vida.

Seis meses antes, Gail habría pensado como ella, pero afortunadamente había encontrado un hombre que la haría feliz el resto de su vida, aunque eso no quería decir que su relación con Russell no fuese a experimentar altibajos.

Russell le hizo un gesto desde el otro lado de la estancia y Gail le sonrió.

–Tierra llamando a Gail –bromeó Nichole, pasándole la mano por delante de la cara.

–Estoy aquí. Es solo que…

–Que estabas soñando con tu prometido –adivinó Willow–. Qué feliz me siento por ti.

–Yo también soy feliz.

Russell se acercó y sus amigas se alejaron.

–¿De qué estabais hablando?

–De ti.

–Bien, porque yo también estaba hablando de ti. He llamado a mis amigos de casa y les he contado que por fin he encontrado una chica a la que querer.

–¿Se lo has dicho así?

–Pues claro. No me da miedo decirle al mundo entero lo que siento por ti, preciosa. Me has dado ya más felicidad de la que me merezco.

–Pues no me des las gracias –contestó ella sonriéndole–, porque tú has hecho lo mismo por mí.

En el Deseo titulado
Indiscreciones amorosas,
de Katherine Garbera,
podrás continuar la serie
EMPAREJADOS

Deseo

EL AMOR DE MI VIDA

RED GARNIER

Unidos por la tragedia, el magnate de los medios de comunicación, Garrett Gage, había prometido proteger a Kate Devaney a cualquier precio. Lo que no esperaba era tener que protegerla de sí mismo. De repente, Kate pasó de ser una niña huérfana a convertirse en una mujer muy hermosa, él rompió su promesa y tomó a la vulnerable Kate entre sus brazos y la llevó a su cama.

Después de haber sido amantes, las cosas cambiaron más de lo que Garrett pensaba. Kate estaba embarazada, y además había un secreto que podía cambiarlo todo.

Una noche de pasión entre dos viejos amigos

¡YA EN TU PUNTO DE VENTA!

Acepte 2 de nuestras mejores novelas de amor GRATIS

¡Y reciba un regalo sorpresa!

Oferta especial de tiempo limitado

Rellene el cupón y envíelo a
Harlequin Reader Service®
3010 Walden Ave.
P.O. Box 1867
Buffalo, N.Y. 14240-1867

¡Sí! Por favor, envíenme 2 novelas de amor de Harlequin (1 Bianca® y 1 Deseo®) gratis, más el regalo sorpresa. Luego remítanme 4 novelas nuevas todos los meses, las cuales recibiré mucho antes de que aparezcan en librerías, y factúrenme al bajo precio de $3,24 cada una, más $0,25 por envío e impuesto de ventas, si corresponde*. Este es el precio total, y es un ahorro de casi el 20% sobre el precio de portada. !Una oferta excelente! Entiendo que el hecho de aceptar estos libros y el regalo no me obliga en forma alguna a la compra de libros adicionales. Y también que puedo devolver cualquier envío y cancelar en cualquier momento. Aún si decido no comprar ningún otro libro de Harlequin, los 2 libros gratis y el regalo sorpresa son míos para siempre.

416 LBN DU7N

Nombre y apellido	(Por favor, letra de molde)	
Dirección	Apartamento No.	
Ciudad	Estado	Zona postal

Esta oferta se limita a un pedido por hogar y no está disponible para los subscriptores actuales de Deseo® y Bianca®.
*Los términos y precios quedan sujetos a cambios sin aviso previo.
Impuestos de ventas aplican en N.Y.

SPN-03   ©2003 Harlequin Enterprises Limited

Bianca

El remedio era... el matrimonio

Hannah Latimer, frívola y muy hermosa, había dejado su vida sofisticada para trabajar en una ONG y demostrar que servía para algo. Sin embargo, cayó presa de un régimen autoritario e intolerante y su única forma de escapar fue el poderoso y arrogante príncipe Kamel.

Kamel, obligado a casarse con Hannah para evitar una guerra con el país vecino, tenía poca paciencia con esa princesa mimada, pero era su deber y no podía dejarlo a un lado. No había amor entre ellos, pero sí tenía que haber un heredero... y habría pasión.

El príncipe heredero

Kim Lawrence

¡YA EN TU PUNTO DE VENTA!

Deseo

AMOR ENTRE VIÑEDOS

KATE HARDY

Xavier Lefevre seguía siendo el hombre más atractivo que Allegra había visto en su vida. De hecho, se había vuelto más sexy con los años. Pero habían cambiado muchas cosas desde aquel largo y tórrido verano de su adolescencia. Ahora, su relación era estrictamente profesional: les gustara o no, compartían la propiedad de unos viñedos y, desde luego, ella no estaba dispuesta a venderle su parte.

Allegra tenía dos meses para demostrarle que podía ser una socia excelente, y para convencerse a sí misma de que no necesitaba a Xavier en su cama. Pero ¿a quién intentaba engañar?

Su razón se negaba,
pero su cuerpo lo estaba deseando

¡YA EN TU PUNTO DE VENTA!